マドンナメイト文庫

屋根裏の人妻

葉月奏太

目次

contents

屋根裏の人妻

第一章　思いがけない初体験

1

早いもので四月もなかばを過ぎている。

土屋哲郎は二十歳の大学生だ。この春、三年生になったが、とくに代わり映えのない生活を送っている。

ひとり暮らしの部屋と大学、それにアルバイト先のコンビニをまわるだけの毎日だ。

友人はそれなりにいるが恋人はいない。そろそろ就職活動をしなければならないが、やりたいことは決まっていなかった。

大学生になったら彼女を作って童貞を卒業する。そんな目標を高校時代に掲げたが、いまだに達成されないままだ。本格的に就職活動をはじめたら、さらに可能性は低くなるだろう。

(彼女は無理かもな……)

すでにあきらめかけている。

長野の田舎から夢を抱いて上京した。バラ色のキャンパスライフを思い描いていたが、現実の生活は灰色だった。このままだと童貞を卒業できずに、大学を卒業することになりそうだ。

今日もとくになにもなかった。

大学で講義を受けてからコンビニでアルバイトをして帰ってきた。時刻は夜の十時になるところだ。

(なんかおもしろいことないかな……)

自室に戻るなり、ベッドにゴロリと横たわった。

六畳の部屋でベッドは窓際に置いてある。あとは小さすぎて不便な卓袱台(ちゃぶだい)とカラーボックス、それに小型のテレビがあるだけだ。

絨毯を敷かずに、家具を畳の上にじかに置いたのは失敗だった。畳に跡がつくだけではなく、ささくれ立ってしまった。部屋を出るとき、敷金が返ってこないのではないかと今から心配していた。

このアパートには入学当初から住んでいる。大学は東京の北東部にあり、徒歩で通学できる範囲でアパートを探した。

江戸川荘——二階建ての全六戸、築四十年という年季の入った物件だ。

六畳一間で風呂もトイレもついている。ひとり暮らしなら充分だ。家賃が相場より安いので、壁が少々薄いのは仕方がない。哲郎の部屋は二階の中央、202号室だ。せめて端の部屋ならよかったが、両サイドを挟まれているので生活音が気になった。とはいえ、古い物件のせいか常に満室というわけではない。201号室は先月末から空室で、203号室はしばらく空いていたが今月になって入居した。騒音を心配していたが、静かな人なのでよかった。

ほとんど音がしないので、いないのかと思うほどだ。これまでの経験から、男はたいていうるさい。だから、女性ではないかと予想していた。

どんな人なのか気になっていたが、会う機会はなかなかなかった。

はじめて顔を見たのは一昨日のことだ。哲郎が大学に行こうとして玄関から出たところ、たまたま隣室の人と鉢合わせした。

ぱっと見た感じ、三十歳くらいの女性だった。

大学生の入居者が多いので意外な気がした。いや、見た目だけで大学生ではないと決まったわけではない。年を取ってから大学に入り直す人もいて、実際、哲郎よりもずっと年上の学生がいる。

だが、隣人は落ち着いた大人の女性で、大学生というよりは人妻のような雰囲気だった。

(きれいな人だったな……)

つい思い返してしまう。

セミロングの黒髪が艶やかで、肌が抜けるように白かった。とくにやさしげな瞳が印象に残っている。

ほんの数秒の出来事だ。目が合うと会釈をしてくれた。しかし、あの瞬間、強烈に惹きつけられた。ひと目惚れと言ってもいいかもしれない。以来、名前も知らない隣人のことが頭から離れなくなっていた。

(でも、無理に決まってるよな)

最初から期待はしていない。

あれほど美しい女性なら、すでに恋人がいるだろう。仮にいなかったとしても競争率はかなり高いはずだ。立候補したところで、自分が選ばれるとは到底思えなかった。

（俺、バカだよな……）

心のなかでつぶやき、苦笑が漏れる。

表札が出ていないので名前もわからないし、声も聞いたことがない。それなのに、ほんの一瞬、目が合っただけで好きになってしまった。女慣れしていなくて惚れっぽい自分が滑稽に思えた。

（飯でも食うか……）

ふと空腹を覚える。

だが、作るのが面倒だ。天井をぼんやり見つめていると、隣室から物音が聞こえた。玄関のドアを開閉する音だ。先ほどから気配がなかったので、隣室の女性が外出先から戻ってきたらしい。ところが、ひとりではない。女性と男性の話し声が聞こえた。女性の声は隣室の住人だろう。では、男のほうは誰なのか気になった。

（もしかして、彼氏か？）

哲郎はベッドから体をそっと起こした。

壁に歩み寄ると、右耳をぴったり押し当てる。耳と壁を隙間なく密着させることで、隣室の物音と会話が鮮明になった。

「悪いね。いきなりトイレを借りちゃって」

最初に聞こえたのは男の声だ。

「送り狼を狙ってるわけじゃないから心配しないでくれよ。ははは っ」

若くはない。おそらく中年だろう。声の感じと口ぶりから、四十前後の男をイメージした。

なんとなく好きになれないタイプだ。送り狼ではない男は、わざわざ「俺は送り狼じゃないよ」などと言わない気がする。きっと彼女のことを狙っているに違いない。

「あの……お茶でも入れましょうか」

女性の声はどこか遠慮がちで、探るような雰囲気がある。

男の出方をうかがっているのかもしれない。警戒心を抱いているのが声から伝わった。

(それにしても、きれいな声だな……)

まるで高貴な楽器を奏でるような響きだ。姿だけではなく、声まで魅力的なことに感動する。

何者かわからない男の存在は気になるが、はじめて彼女の声を聞いたことで思わずうっとりした。

「せっかくだから、いただこうかな」

「緑茶でよろしいですか？」

「ビールがいいな」

「すみません。お酒は飲まないので置いてないんです」

男は図々しいが、女性は下手に出ている。ふたりの会話から察するに、それほど親しい関係ではないようだ。

「お茶ならいらないや。そうか、玲子ちゃんは酒を飲まないのか」

男があからさまにがっかりした声でつぶやく。

どこまで図々しいのだろうか。なれなれしい感じに腹が立つが、男が呼んでくれたことで彼女の名前がわかった。

（玲子さん……）

心のなかで呼んでみる。

それだけで、哲郎の心は浮き立つ。名前がわかったことで、ますます惹きつけられていた。

「それにしても、きれい好きなんだね。忙しいのに、かたづいてるじゃないか。へえ、ここが玲子ちゃんの部屋か」

男が隣室を訪れるのは、これがはじめてらしい。どうやら、無遠慮に部屋のなかを眺めているようだ。

「物がないだけです」

玲子の声はどこかよそよそしい。男とは明らかにテンションが違う。少なくとも恋人同士ではないだろう。

「少し話をしようか」

「あっ、ちょっと……」

玲子の慌てた声につづいて足音が響いた。

男に手を引かれて、よろめいたのかもしれない。その直後、ドサッという音が聞こえた。もしかしたら、ベッドに押し倒されたのではないか。いやな予感がして耳を澄ました。

「て、店長、どうしたんですか？」

玲子の声は明らかに困惑している。

具体的なことはわからない。それでも、懸命に感情を抑えているが、怯えの色がはっきり滲んでいた。

玲子は男のことを店長と呼んだ。

なんの店かはわからないが、男は店長らしい。玲子は男の下で働いており、逆らうことができない立場なのではないか。

「悪いようにはしないから」

「でも、わたしには夫が……」

玲子の言葉で新たな事実が発覚する。

どうやら、夫がいるらしい。玲子は既婚者だ。告白するまでもなく、早々に失恋してショックを受けた。

(いや、待てよ……)

本当に既婚者なら、どうしてこのアパートに住んでいるのだろうか。

すべての部屋が同じ造りの六畳一間だ。ふたりで住むには狭いし、実際、夫婦で暮らしている様子はなかった。

「別居してるんだから、別に構わないだろう」

「そ、そういうことでは……」

ふたりのやり取りから、少しずつ事実が明らかになる。

玲子は既婚者だが、夫とは別居中らしい。おそらく夫婦間で問題が起きて、玲子はこの春からひとり暮らしをはじめたのではないか。そして、玲子と男は同じ職場で働いている。男は玲子のことを狙っており、最初から部屋にあがるつもりで送ったのだ。

「玲子ちゃんも淋しいんだろう？」

「そ、そんなこと……あっ」

玲子が小さな声を漏らす。

いったい、なにをされたのだろうか。声だけで姿が見えないだけに、なおさら想像力がふくらんでいく。

（これって、無理やりだよな？）

緊張感が高まる。

襲われているなら助けるべきではないか。しかし、玲子は隣人だが挨拶すらしたことがない。たった一度、会釈をしたことがあるだけだ。向こうは哲郎の顔すら覚えていない可能性もある。

それなのに、いきなり助けに入るのは躊躇してしまう。だからといって警察を呼ぶには、まだおおげさな気もする。襲われていると確信できなければ、身動きできなかった。

「俺が慰めてやるよ」

「だ、大丈夫です……ああっ」

またしても玲子が声を漏らす。

抗っているが、甘い響きもまざっている。言葉ほどいやがっていないのかもしれない。やがて衣擦れの音が聞こえてドキドキする。玲子が服を脱がされているのではないか。

「ま、待ってください……」

「俺にまかせておけば大丈夫だ」

「こ、困ります……ああっ」

店長が強引に迫っているとしか思えない。

だが、玲子の声は弱々しい。上司だから強く抵抗できないのか、それともほかに理由があるのか。いずれにせよ、助けに入るような雰囲気ではない。なにより玲子の声が色っぽいのが気になった。

(女の人って、すぐには受け入れないらしいからな……)

哲郎は童貞なので、なおさら判断できない。

女心はむずかしいというが、なにしろ恋愛経験がないので、その意味すらわからない。いやよいやよも好きのうち、という言葉を聞いたことがある。もしかしたら、玲子は抗っているフリをしているだけではないか。

(そうだったとしたら……)

助けに入った自分が恥をかく。それだけではなく、ふたりの邪魔をすることになってしまう。

考えれば考えるほど慎重になる。動けずにいると、隣室から規則的な音が響きはじめた。

ギシッ、ギシッ――。

これはベッドの軋む音ではないか。

ふたりが裸で折り重なっている姿を想像する。まさかと思っていると、その音にふたりの声が重なった。

「あンっ、ダ、ダメです……ああンっ」

「ううぅッ、いいぞ」

玲子が艶めかしい声を漏らせば、店長が低い声で語りかける。

ベッドの軋む音がどんどん速くなっていくのも気になった。おそらく、ふたりはセックスをしている。この薄い壁のすぐ向こうで、裸になって抱き合っているのだ。

（くっ……）

哲郎は思わず壁から離れてベッドで横になった。

これ以上は聞いていられない。玲子に惹かれていただけに、誰かとセックスしていることが腹立たしかった。

しかし、どうしても気になる。虚しくなるとわかっているのに、聞かずにはいられない。すぐに立ちあがり、再び壁にそっと歩み寄る。そして、またしても右耳をぴったり押し当てた。

2

哲郎はアルバイト先のコンビニで、商品を棚に補充している。

客足が途切れたときに品出しをするのが決まりだ。今日はとくにカップ麺が売れているので、急いで並べる必要があった。

(やっぱり、あれは……)

脳裏に浮かぶのは玲子のことだ。

店長が訪ねてきた夜から五日が経っている。ふたりがセックスをしていたのは間違いない。しかし、あれが合意のもとの行為だったのか、いまだに気になっていた。

もし合意がなかったとしたら、パワハラやセクハラに当たる行為だったとしたら、やはり助けるべきだった。

最初、玲子はいやがっていた。店長は強引で威圧的だった。思い返すと、無理やりだった気がしてならない。しかし、男女の関係というのは複雑だ。恋愛経験のない哲郎にわかるはずもなかった。

玲子は色っぽい声を漏らしていたが、ふたりの姿をじかに見たわけではない。やはり確信は持てなかった。

(案外、ふたりはつき合ってるのかもしれないな)

新たな考えが脳裏をよぎる。

玲子が抵抗していたのは最初だけだった。もしかしたら、あれはいやがる女を強引に犯すプレイだったのかもしれない。実際、後半の玲子はかなり感じているようだった。

(いや、でも……)

玲子の抗いかたが演技だったとは思えない。

いったい、玲子と店長はどういう関係なのだろうか。情報があの夜の声だけでは、いくら考えてもわからなかった。

あれから玲子に会う機会はない。隣室なので気配を感じることはあるが、店長が訪ねてくることはなかった。

これ以上、考えたところで進展はない。首を振って気持ちを切り替えると、カップ麵の品出しを再開した。

（それにしても……）

ふと別のことを思い出して寒気を覚える。

最近、自室でおかしな現象が起きているのだ。ひとりきりのはずなのに、どこかから見られている気がしてならない。もちろん誰もいないのだが、確かに視線を感じることが何度かあった。

思い出すと、背すじに冷たいものを感じた。

はっとして背後を振り返る。だが、そこには酒類の棚があるだけだ。とくに変わったところはないが、どうにも落ち着かない。考えすぎかもしれないが、なにかが起きている気がしてならなかった。

「土屋くん」

ふいに名前を呼ばれてドキッとする。

「ひっ……」

思わず裏返った声が漏れてしまう。全身がビクンッと撥ねて、頰の筋肉がひきつった。

「ちょっと、なにビクビクしてるのよ」

楽しげな笑い声が店内に響きわたる。

恐るおそる見やると、棚の陰から西野杏奈(にしのあんな)がひょっこり顔を出していた。

杏奈は同じ大学の先輩で、哲郎よりも前からここでアルバイトをしている。仕事を教えてもらったことで距離が縮まり仲よくなった。今ではそれほど緊張することなく話せるようになっていた。

ひとつ年上の二十一歳だが、幼さの残る愛らしい顔立ちをしている。大学にはファンが多いらしく、明らかに彼女目当ての客がよく来ている。店の売りあげに大きく貢献しているのは間違いなかった。

「急に話しかけないでくださいよ。びっくりするじゃないですか」

驚いた顔を見られたのが恥ずかしい。怒ったフリをしてごまかすが、杏奈は構うことなく顔をのぞきこんできた。

「品出しが進んでないから、声をかけただけなんだけどな」

黒目がちの瞳で見つめられるとドキドキする。

仲よくなったとはいえ、かわいい顔をした人気の先輩だ。ショートカットの黒髪からは甘いシャンプーの香りが漂っている。青いストライプの制服は、胸もとがふっくら盛りあがっていた。

「なにか考えごとかな？」

「べ、別にそういうわけでは……」

慌てて視線をそらすと、カップ麵の補充を再開する。

しかし、杏奈は離れようとしない。からかうような笑みを浮かべて、哲郎の顔を見つめていた。

「好きな人のことでも考えてたんじゃないの？」

「ち、違いますよ」

思わず声が大きくなる。

先ほどまで、玲子のことを考えていたのは事実だ。セックスしている声を聞いてショックを受けたが、今でもまだ惹かれている。好きになった気持ちは、そう簡単に消えなかった。

「むきになっちゃって、本当に違うの？」

「違いますよ」

「おかしいなぁ。わたしの勘、だいたい当たるんだけどな」

杏奈はそう言うと、納得いかない顔で首をかしげる。

確かに鋭いところがあるようだ。しかし、玲子のことを話すつもりはない。隣人の人妻が気になっているなどと言えば、会うたびにからかわれるに決まっている。こちらからネタを提供する必要はなかった。

「それじゃあ、なにか悩みでもあるんじゃない」

「どうして、そう思うんですか？」

「最近、元気がないように見えるんだよね」

杏奈はなかなか引きさがろうとしない。もしかしたら、心配してくれているのだろうか。

ただ、なんとなく、杏奈なら信用できる気がした。ふだんはふざけてばかりだが、人は悪くないのを知っている。勘が鋭いようだし、今回の件を相談するにはうってつけではないか。

「じつは、最近変わったことがあって……」

哲郎は思いきって語りはじめる。

笑われそうな気がして、まだ誰にも話していなかった。自分しかいないはずの自室で、誰かの視線を感じるのだ。どんな反応をするか不安だったが、杏奈は最後まで真剣な顔で聞いてくれた。

「気のせいって言われたら、それまでなんですけど……」

なんの根拠もない話なので、つっこまれたら答えられない。だから、あえて自分から気のせいである可能性に言及した。

「でも、誰かに見られている気がするのね」

「そうなんです」

「窓から部屋をのぞかれてるってことはない？」

「二階なので、それはないかと……」

窓の外に高い建物はない。畑がひろがっているので、ハシゴでも使わなければ部屋をのぞくことはできない。

「不思議ね」

杏奈が首をかしげる。

笑い飛ばされることはなかったが、なぜか瞳がキラキラ輝きはじめているのが気になった。

「以前その部屋で、誰か亡くなってない？」

「ど、どういうことですか？」

「幽霊よ。幽霊の視線を感じているんじゃないかな」

杏奈は真剣な表情で語る。

幽霊の可能性は、まったく考えていなかった。哲郎はとくに霊感が強いわけではない。これまで幽霊を見たことは一度もないし、心霊現象の類いに遭遇したこともなかった。

「幽霊のわけないじゃないですか」

「それなら、誰かが侵入して住んでるんじゃないの。ふだんはベッドの下に隠れてて、土屋くんが出かけている間に、勝手になにかを食べて、トイレやシャワーを使ってるんだよ」

「ちょ、ちょっと、怖いこと言わないでくださいよ」

想像すると恐ろしくなり、思わず肩をすくめて否定した。

「さすがに誰かがいればわかりますよ。食料が減っていることはないし、トイレや風呂を使った形跡もないです」

「それじゃあ、やっぱり幽霊ね」

杏奈は力強く断言する。

どうやら、幽霊であってほしいと思っているようだ。杏奈は哲郎の話を笑い飛ばすどころか、予想外に食いついている。興味津々といった感じで、幽霊説を唱えていた。

「きっと過去に部屋で人が亡くなってるのよ。この世に未練があって成仏できないでいるんじゃないかな。急病なのか、自殺なのか、殺人事件の可能性もあるわね」

杏奈は次々と予想を口にする。突拍子のない話を、短時間によくそれだけ考えつくものだ。

「わたし、こういう話が大好物なの」

弾むような口調になっている。

どうやら、無類のオカルト好きらしい。以前から占いやUFOの話になると盛りあがっていたが、これほどはまっているとは知らなかった。

「なるほどです……」

哲郎はなかば呆れながらうなずいた。

どうやら相談する相手を間違えたらしい。杏奈は完全に楽しんでいる。この調子だと、異星人の仕業だと言い出しかねない。この話はそろそろ切りあげたほうがよさそうだ。

「ちょっと気になっただけで、たいした話ではないです。さてと、品出しを終わらせないと――」

「わたしも現場に行ってみたいな」

杏奈が強い口調で哲郎の言葉を遮った。

「げ、現場って……殺人事件はなかったと思いますよ。たぶん……」

「そんなのわからないでしょ」

杏奈は一歩踏み出すと、顔を哲郎にグッと近づけた。

「事故物件でも、そのあとに入居者があれば、次の人には不動産屋さんは告知する義務はないのよ。ということは、土屋くんが入居するずっと前に、殺人事件があった可能性もあるわけよ」

確かに、杏奈の言うとおりだ。

哲郎が入居する前になにかあった可能性は否定できない。こちらから不動産屋に尋ねれば答えてくれるかもしれないが、昔のことなど気にしていなかった。

「部屋に霊が住み着いているのかもしれないわ。わたしが確かめてあげる。今日は予定ある?」

「えっ、今日ですか。ないですけど……」

「それじゃあ、バイトが終わったら、いっしょに帰ろうか。今日はシフトが同じだよね。土屋くんの部屋に突撃するよ」

杏奈はすっかり乗り気になっている。勝手に決めると、スキップしながら仕事に戻った。

（マジかよ……）

哲郎は小さく息を吐き出した。

なんだか、めんどうなことになってしまった。だが、ひとりで部屋に帰るのが怖いのも事実だ。

（でも、杏奈さんとふたりきりになれるなら……まあ、いいか）

カップ麵の品出しを再開しながら考える。

こうなったら気持ちを切り替えるしかない。かわいい先輩が部屋に遊びにくると思えば、それも悪くないだろう。

玲子のことを忘れたわけではない。

だが、彼女は人妻だ。夫とは別居中のようだが、自分の手の届く相手とは思えない。

惹かれてはいるが、叶わぬ恋だとわかっていた。

（可能性があるとしたら……）

今は杏奈のことが気になっている。

見た目はアイドルのようで性格も愛らしい。そんな杏奈が自分の部屋にやってくるのだ。杏奈はいつも彼氏がほしいと言っている。それが本当だとしたら恋人はいないはずだ。

(案外、俺に気があったり……いやいや)

思わず苦笑が漏れる。

部屋に来るくらいだから、少なくとも嫌われてはいないだろう。だからといって、恋愛感情があるとは思えなかった。

(そうだ。ビールを買って帰ろう)

今夜も視線を感じるとは限らない。

そうなると、暇を持てあますことになる。そこで活躍するのがビールだ。ふたりでゆっくりビールを飲みながら楽しくすごせば、杏奈はまた遊びに来てくれるかもしれない。

(そのまま、つき合うことになったりして……そんなはずないだろ)

あり得ないことを考えて、ひとりでツッコミを入れる。

女性が部屋に来ることなどはじめてだ。想像するだけで盛りあがり、カップ麵をてきぱきと棚に並べた。

3

「意外ときれいにしてるんだね」

部屋に入るなり、杏奈が感心したようにつぶやいた。

アルバイトを終えると、哲郎と杏奈はいっしょに帰った。ふたりで並んで歩くだけで楽しい。恋人だったら手をつなぐところだろう。さすがにそれはできないが、童貞の哲郎には夢のようなシチュエーションだった。

「もっと散らかしてるのかと思ったわ」

杏奈は物珍しそうに部屋のなかを見まわす。

だが、卓袱台の上にはカップ麺の空容器や空き缶、それにまるめたティッシュペーパーなどが置きっぱなしになっていた。

「思いきり散らかってるじゃないですか。すぐにかたづけるんで、ちょっと待っててください」

急いでゴミを捨てると卓袱台を布巾で拭く。そして、買ってきた缶ビールをコンビニ袋から取り出した。

「とりあえず飲みましょうか」

そう言った直後にはっとする。

杏奈の座る場所がない。なにしろ来客がないため、座布団やクッションを用意していなかった。

ふだん哲郎はベッドに腰かけている。飯を食べるのもテレビを見るのもベッドだ。

杏奈をささくれ立った畳に座らせるわけにはいかない。だからといって、ベッドに並んで座るのはまずいだろう。

「俺はこっちに座るんで、杏奈さんはベッドに座ってもらえますか。いやじゃなければ、ですけど……」

遠慮がちに提案すると、哲郎は畳の上に腰をおろした。

「いっしょに座ればいいじゃない。こっちにおいでよ」

杏奈はそう言って手招きする。

まったく気にしている様子はない。杏奈はベッドに腰かけると、自分の隣をポンポンと軽くたたいた。

(い、いいのか?)

哲郎はまだ逡巡している。

童貞だから意識しすぎてしまうのだろうか。杏奈が気にしていない以上、頑なに拒絶するのも違う気がする。それに躊躇していると、童貞だということがバレそうだ。

（いや、別にバレても問題ないか……）

そう思うが、やはり童貞は格好悪い。

もしかしたら、童貞だからモテないのかもしれない。自分では気づかないうちに童貞の青臭さがプンプン漂っていて、女性に敬遠されているのではないか。できれば、早く童貞を卒業したかった。

「ほら、こっちこっち」

杏奈にうながされて立ちあがる。そして、なに食わぬフリをして、彼女の隣に腰かけた。

ベッドがギシッと鳴り、緊張感が一気に高まる。それでも、懸命に平静を装いつづけた。

「ビ、ビール、いかがですか」

缶ビールのプルタブを引いて差し出す。

「ありがとう」

杏奈が両手で缶ビールを受け取った。

そのとき、指先が触れ合ってドキリとする。視線が重なると、さらに胸の鼓動が速くなった。

慌てて視線をそらすと、杏奈の胸もとが目に入る。白いブラウスに包まれた乳房が、ふんわりと盛りあがっていた。

（み、見ちゃダメだ……）

心のなかで自分に言い聞かせる。

ところが、今度は杏奈の下半身が視界に入ってしまう。ミニスカートの裾から健康的な太腿がのぞいている。ストッキングを穿いていないナマ脚だ。むちっとした肉づきに視線が吸い寄せられた。

（こ、これは……）

思わず生唾を飲みこんだ。

アルバイト先のコンビニで見るのとは、まったく違う興奮がある。今は自分の部屋でふたりきりなのだ。だからといって、なにかあるわけではない。だが、どうしても意識してしまうのは童貞の哀しさだ。

（ど、どこを見てるんだ……）

懸命に視線を太腿から引き剝がす。そして、大急ぎで缶ビールのプルタブを引くと高々と掲げた。

「か、乾杯しましょう」

「そうね。お疲れさま」

杏奈も笑みを浮かべて缶ビールを掲げる。グビグビと飲めば、ほんの少しだけ気持ちが落ち着いた。

乾杯をしてビールを喉に流しこむ。グビグビと飲めば、ほんの少しだけ気持ちが落ち着いた。

「ところで、どこから視線を感じるの？」

杏奈が部屋のなかを見まわしながら尋ねる。

「それが、どうしてもわからないんです。でも、確かにじっと見られている感じがして……」

明確に答えられないのがもどかしい。

だが、二年以上も住んでいて、視線を感じたことなど一度もないのだ。なにかが起きている気がしてならないが、うまく説明できなかった。

「幽霊なのか、宇宙人なのか、それとも侵入者なのか……」

杏奈は独りごとをつぶやいている。

いつになく鋭い目つきで窓や壁をチェックすると、さらにはベッドの下ものぞきこんだ。

「隠れている人はいないわね」

「だから、いるわけないじゃないですか」

哲郎は答えながらも、頼もしさを感じていた。

おそらく、杏奈は普通の人より霊感が強いのだろう。これまで数々の心霊現象を体験してきたのかもしれない。もしかしたら、除霊もできたりするのではないか。なにかあったとしても、冷静に対処してくれる気がした。

「今日は感じないですね」

少し残念な気がする。

ひとりのときは怖いが、せっかく杏奈が来てくれたのだから、今夜は視線を感じたかった。

「なにもないのかな……」

杏奈はつまらなそうにつぶやき、ビールをちびちび飲んでいる。オカルト好きなので、心霊現象に遭遇したかったのだろう。

カタッ——。

そのとき、小さな音がした。

哲郎も杏奈もベッドに座ったままだ。不思議に思って部屋のなかに視線をめぐらせる。ところが、とくに変わったところはない。杏奈も音に気づいたのか、周囲を見まわしていた。

「今、なんか聞こえましたよね」

話しかけるが、杏奈は黙りこんでいる。鋭い霊感で、なにかを感じ取ったのかもしれない。

ガタンッ——。

先ほどよりも大きな音がした。

哲郎は思わずビクッと肩をすくませる。それと同時に杏奈が「きゃっ」と悲鳴をあげて、哲郎の腕にしがみついた。

「あ、杏奈さん?」

音がしたことよりも杏奈の行動に驚かされる。

心霊現象になれているはずの杏奈が怯えるのだから、よほどのことが起きているに違いない。きっと普通の幽霊ではないのだろう。

「も、もしかして、悪霊の仕業ですか?」

哲郎は頬をこわばらせながら質問する。

これまでとは明らかに違う。視線を感じたことはあるが、物音を聞いたことはなかったのだ。

でも、今夜は杏奈がいるから心強い。

そう思ったのだが、杏奈は腕にしがみついたままだ。ブラウスの乳房のふくらみに、哲郎の肘がプニュッとめりこんでいる。それなのに、気にするそぶりもなく凍えたように震えていた。

「ちょ、ちょっと、どうしたんですか。そんなにやばい悪霊なんですか？」

「いやぁっ、悪霊なの？」

杏奈がまたしても悲鳴をあげる。

会話が嚙み合っていない。いったい、なにが起きているのだろうか。わけがわからないが、おかげで恐怖が薄れていた。

「悪霊じゃなかったら、なんなんですか？」

「そんなの知らないわよ」

「なんでもいいから、早く除霊してくださいよ」

「除霊なんて、できるはずないでしょ」

杏奈が腕にしがみついたまま顔をあげる。目に涙をいっぱいためており、唇は血の気が引いて白っぽくなっていた。

「ええっ、できないんですか？」

「だって心霊現象なんて、はじめてだもん。霊感がないから、これまでなにもなかったのに……」

杏奈の口から出たのは予想外の言葉だ。

除霊どころか心霊現象に遭遇するのすら、これがはじめてだという。ただオカルト好きというだけで、とくに霊感が強いわけでもないらしい。そのくせ怖がりで、先ほどからブルブル震えていた。

「ね、ねえ、さっきの音はなに？」

「俺もわからないです。天井のほうから聞こえた気がするんですけど……」

天井を見あげるが、とくに変わったところはなかった。

「ここって二階だよね。どうして、上から音がするの？」

「やっぱり幽霊ですかね」

「いやぁっ……」

杏奈は悲鳴をあげると、哲郎の体に強く抱きついた。

「ちょ、ちょっと、大丈夫ですか」

ためらいながらも両手を杏奈の背中にまわす。

こうなると恐怖はまったく感じない。女体の柔らかい感触と甘いシャンプーの香りに意識が向いた。

「もっと強く抱いて……」

「は、はいっ」

緊張しながら両手に力をこめる。

女性と抱き合うのは、これがはじめてだ。杏奈の身体は繊細で力を入れると壊れそうだが、言われるままに強く抱いた。

「あンっ……強すぎるよ」

「す、すみません……」

慌てて力を抜いて謝罪する。

どうすればいいのかわからず、杏奈の背中に手をまわしたまま動けない。時間が経つほどに緊張感が高まり、全身の毛穴から汗が噴き出した。

「うっ……」

股間に甘い痺れを覚えて、思わず小さな声が漏れてしまう。

まさかと思いながら、己の股間に視線を向ける。すると、杏奈の手のひらがチノパンの前に重なっていた。

「な、なにを……」

「こうしてると、怖さが薄らぐの……お願い、触っていてもいいでしょ」

杏奈が眉を八の字に歪めて見あげる。

男の体に触れることで、安心感が得られるのだろうか。よくわからないが、懇願されたら断れない。

「そ、そういうことなら、ど、どうぞ……」

困惑しながらもうなずくと、杏奈はほっとしたように息を吐き出す。そして、手のひらをゆっくり動かして股間を撫でまわした。

「ううっ……」

またしても甘い痺れがひろがり、はっきりした快感として認識される。それと同時にペニスがムクムクとふくらみはじめるのがわかった。

(や、やばい……)

慌てて意識をそらそうとするが、どうすることもできない。

なにしろ哲郎は童貞だ。女性に股間をまさぐられて、快感をごまかすことなど不可能だ。ペニスは瞬く間に成長して、チノパンの前に大きなテントを張ってしまった。

「硬い……土屋くんのここ、すごく硬くなってるよ」

杏奈が小声でささやく。

勃起に気づいたのに手のひらを離さない。それどころか指をそっと曲げて、チノパンごしにペニスをキュッとつかんだ。

「くうっ……」

たまらず呻き声が漏れてしまう。

すでにペニスはパンパンにふくらんでおり、軽く握られただけでも先端から我慢汁がどっと溢れた。

「硬くて男らしい……」

杏奈が瞳を潤ませながらつぶやく。

そして、チノパンのボタンをはずしてファスナーをおろすと、前を大きくはだけさせる。さらにはボクサーブリーフを引きさげて、勃起しているペニスを剝き出しにした。

「ちょ、ちょっとなにしてるんですか」

激烈な羞恥がこみあげる。

大人になってペニスを他人に見られるのは、これがはじめてだ。慌てて両手で隠そうとする。ところが、それより早く、杏奈の細い指が太く漲った肉胴に巻きついた。

「なにかに縋(すが)りたいの。わかるでしょ？」

「くううッ」

またしても呻き声が漏れる。

信じられないことに、杏奈の指が直接ペニスに触れているのだ。握られているだけでも鮮烈な快感がひろがった。

「ああっ、硬い……こうしてると安心できるわ」

杏奈はそう言って、肉棒をゆったりしごきはじめる。

快感がさらにふくらみ、我慢汁が大量に溢れ出す。亀頭を濡らして、竿をトロトロと流れ落ちていく。ついには指を濡らすが、杏奈は構うことなく手を動かしつづける。

「ど、どうして、そんなことを……」

「だって怖いんだもの。男らしいものに触れていたいの」

潤んだ瞳で言われると、受け入れるしかない。

杏奈はペニスに巻きつけた指をゆったり滑らせる。我慢汁が大量に付着したことで、動きがスムーズになっている。ヌルヌルとした感触が快感となって全身にひろがっていく。

「そ、そんなにされたら……ううゥッ」

「ねえ、幽霊がいるのかな？」

杏奈は先ほどの物音を気にしているが、哲郎はそれどころではない。これ以上つづけられたら昇りつめてしまう。杏奈の手のなかで、ペニスが暴発寸前まで追いつめられていた。

「くううッ、も、もうダメですっ」

たまらず情けない声で訴える。

ところが、杏奈は手の動きを緩めるだけで完全にはとめてくれない。焦らすようにしごくことで、絶頂寸前の中途半端な快感が継続していた。

「もうイッちゃいそうなの？」

杏奈が驚いた顔で尋ねる。

普通の人は何分くらい耐えられるのかわからないが、童貞の哲郎には刺激が強すぎる。なにしろ、かわいい先輩にペニスをねちっこくしごかれているのだ。すでに頭のなかは欲望でいっぱいになっていた。

「ほ、本当に……も、もうっ」

「まだイカないで。硬いのをにぎってないと不安なの」

杏奈は恐怖から逃れるためと言いつづけている。

射精すれば、ペニスはあっという間に萎えてしまう。だからといって、スローペースでもしごかれていたら、いずれ暴発するのは目に見えていた。

「お、俺っ、はじめてなんですっ」

切羽つまり、仕方なく告白する。

もはや一刻の猶予もならない。このままでは射精してしまう。童貞だと打ち明けるのは恥ずかしいが、やめてもらうには言うしかなかった。

「ごめんね。童貞だったんだ」

杏奈は慌ててペニスから手を離した。

謝られると、よけいに恥ずかしくなる。男として格好悪い気がして、顔が燃えるように熱くなった。

「そうだったんだ……」

杏奈はそう言ったきり、なにかを考えこむようにペニスを見つめる。

いきり勃った肉棒は、視線を感じてヒクついた。もう触れていないにもかかわらず、尿道口からは透明な汁が滾々(こんこん)と湧きつづけている。哲郎は羞恥に耐えきれなくなり、両手で股間を覆い隠した。

「もうパンツを穿いてもいいですか」

遠慮がちに尋ねる。

ペニスは勃起したままで欲望はふくれあがっているが、露出しているのは恥ずかしい。とにかく隠したくて、ボクサーブリーフを両手でつかんだ。

4

「待って」

杏奈の声が聞こえた。

パンツをあげようとした手を押さえられて、哲郎は恐るおそる顔をあげる。すると、杏奈と視線が重なった。羞恥で耳まで熱くなり、顔がまっ赤に染まっているのを自覚した。

「わたしでよかったら、最後までしてあげようか」

杏奈がやさしく語りかけてくる。

童貞だと知られたことが恥ずかしくてならないが、ほんの少しだけ心が救われた気がした。

「で、でも……」

躊躇して返事ができない。

突然、童貞卒業のチャンスが訪れた。しかも、相手が杏奈なら、これ以上なにも望むことはない。

(本当にいいのか?)

最高すぎて信じられない。

もしかしたら冗談ではないか。返事をしたとたん、ドッキリだよと笑われるのではないか。不安がこみあげるが、本当だったら杏奈とセックスできる。それを考えると、勃起したままのペニスがピクッと撥ねた。

「ふふっ……オチ×チンで返事をしたのね」

杏奈が楽しげに微笑んで手を伸ばす。

なにをするのかと思えば、哲郎のシャツを脱がしてくれる。さらにチノパンとボクサーブリーフも脚から抜き取った。

あっという間に裸にされて緊張感が高まる。どうやら冗談ではないらしい。本当に童貞を卒業できる。セックスできると思うと、ペニスがますます硬くなって反り返った。

「土屋くんは横になって待っててね」

肩をそっと押されて、哲郎はベッドの上で仰向けになる。

杏奈が立ちあがり、ほっそりした指でブラウスのボタンを上から順にはずしていく。前がはらりと開いて、純白のブラジャーに包まれた乳房が露出した。ブラウスを脱ぐと、今度はスカートをおろしていく。すると、股間に貼りついた白いパンティが露になった。

さらに両手を背中にまわして、ブラジャーのホックをはずす。とたんにカップを弾き飛ばす勢いで、双つの乳房がまろび出た。

(おおっ……)

哲郎は思わず腹のなかで唸った。

張りのある見事なふくらみが露になり、両目をカッと見開く。母親以外の乳房をはじめてナマで目にした。白くて柔らかそうな肌は、まるでマシュマロのようだ。頂点では鮮やかなピンクの乳首が揺れていた。

(これが杏奈さんの……お、おっぱい)

心のなかでつぶやくだけで興奮が跳ねあがる。

杏奈は視線を意識して頰を赤く染めながら、パンティに指をかけてじわじわとおろしていく。よほど恥ずかしいのか、おろすスピードはゆっくりだ。興奮と期待で、哲郎の息づかいは荒くなっていた。

「あんまり見ないで……」

杏奈はそう言って恥ずかしげに視線をそらすと、パンティを左右のつま先から交互に抜き取った。

これで女体にまとっている物はなにもない。杏奈は生まれたままの姿になったのだ。股間に視線を向ければ、陰毛が黒々と茂っている。女性は形を整えたりするものだと思っていたが、自然な感じで恥丘を埋めつくしていた。

（あ、杏奈さんが……は、裸に……）

哲郎は無意識のうちに首を持ちあげて凝視する。

杏奈がすべてを晒しているのだ。白くて染みひとつない肌が眩しい。腰が締まっており、艶めかしいS字のラインを描いていた。

「見ないでって、言ってるのに……」

杏奈はそう言いながら、仰向けになっている哲郎の股間にまたがる。

両膝をシーツにつけた騎乗位の体勢だ。屹立したペニスの真上に、女の源泉が迫っていた。

（み、見たい……）

見るなと言われても、見ずにはいられない。

首を限界まで持ちあげて、杏奈の股間をのぞきこむ。すると、濃厚に生い茂った陰毛の下に、ミルキーピンクの陰唇がチラリと見えた。

（あ、あれが杏奈さんの……）

思わず喉をゴクリと鳴らす。

インターネットでは見たことがあるが、女性器をナマで見るのはこれがはじめてだ。柔らかそうな二枚の女陰に惹きつけられる。魅惑的な割れ目からは、透明な汁がじくじくと滲んでいた。

「どうして……濡れてるんですか？」

素朴な疑問を口にする。

女性が感じると濡れるのは知っているが、まだ触れてもいないのだ。それなのに杏奈の割れ目は華蜜で潤っていた。

「土屋くんが見るから……すごく恥ずかしいのよ」

どうやら視線でも感じるらしい。

羞恥と快感は表裏一体なのかもしれない。杏奈は膝立ちの姿勢で腰を少し落とすと、陰唇を亀頭に押し当てた。

「あンっ……」

軽く触れただけだが、杏奈の唇から甘い声が漏れる。

哲郎は緊張で全身をこわばらせていた。今まさにペニスが膣のなかに入ろうとしている。陰唇の柔らかさを亀頭で感じて、胸の鼓動がかつてないほど速くなっていた。

「一回だけだよ。今は彼氏がいないから、わたしもたまには……ああンっ」

杏奈が腰をゆっくり落としはじめる。

亀頭が二枚の陰唇を巻きこんで、膣のなかにズブズブと入っていく。とたんに熱い襞に包まれて、経験したことのない快感がひろがった。

「ううウッ、き、気持ちいいっ」

とてもではないが黙っていられない。

哲郎は大声で快感を訴える。膣のなかはたっぷりの蜜で濡れているため、ペニスが滑るように入っていく。杏奈は途中で休むことなく腰を落として、あっという間に根もとまでつながった。

「ああっ、土屋くんの大きい……」

両手を哲郎の腹において、うっとりした声でつぶやく。杏奈の表情が色っぽいから、なおさら快感が高まった。

「入ったわよ。どんな感じ？」

「あ、熱くて、トロトロしてます……俺、セ、セックスしてるんですね」

答えることで実感がこみあげる。

これがはじめてのセックスだ。ついに童貞を卒業したのだ。喜びが全身にひろがると同時に、ペニスの感覚が鋭敏になる。濡れた膣襞の感触が強くなり、愉悦の波が押し寄せた。

「ううぅッ、す、すごいっ」

「気持ちいいのね」

「は、はい……す、すぐイッちゃいそうです」

震える声で訴える。

まだ挿入しただけだが、今にも射精しそうだ。熱い膣襞の感触が猛烈に気持ちよくて、動く前から追いつめられていた。

「我慢しなくてもいいのよ。いつでも好きなときに出してね」

杏奈はやさしく告げると、さっそく腰を振りはじめる。

尻をゆったり弾ませる上下動だ。尻を持ちあげることで、膣口からペニスが吐き出される。亀頭が抜ける寸前でいったんとまり、再び尻を落として根もとまで呑みこんでいく。

「あンっ……あンっ……」

杏奈が愛らしく喘いでくれるから、ペニスに受ける快感が大きくなる。

射精欲がどんどんふくれあがり、懸命に全身の筋肉に力をこめて耐え忍ぶ。しかし、ペニスは経験したことがないほど反り返り、一往復するたびに大量の我慢汁を吐き出した。

「ううぅッ、い、いいっ」

ペニスが出入りするさまを見つめることで、さらに快感が大きくなる。

膣襞で亀頭と竿をこねまわされるのは、自分の手でしごくのとは比べものにならないほど気持ちいい。愛蜜がたっぷり付着して、ヌルヌルになったところを擦られる。この世のものとは思えない愉悦がひろがり、脳髄まで蕩けるような感覚に襲われた。

「き、気持ちよすぎて……ううぅッ」

いつでも出していいと言われたが、すぐに射精するのは格好悪い。少しでも長持ちさせようと、両脚をつま先までピーンッとつっぱって力をこめた。

「そんなに感じてくれるとうれしいな」

杏奈は目を細めて、哲郎の手を取った。

「おっぱい、触ってもいいんだよ。やさしく揉んでね」

そう言うと、自分の乳房に導いてくれる。

双つのふくらみに、手のひらがそっと重なった。恐るおそる指を曲げれば、いとも簡単に沈みこんでいく。乳房は男の体ではあり得ないほど柔らかい。ゆったり揉みあげると、気持ちがどんどん盛りあがる。

(こんなに柔らかいんだ……ああっ、気持ちいい)

いくら揉んでも飽きそうにない。指先を先端に滑らせて、乳首をそっと摘まんでみた。

「ああンっ、そこはとくにやさしく触って」

杏奈が甘い声でささやく。

双つの乳首を慎重に刺激すると、すぐに充血して硬くなる。それにともない感度もアップするのか、腰の動きが速くなった。

「ああッ、触りかたが上手だから、わたしも気持ちよくなってきちゃった」

「あ、杏奈さんっ、くおおおッ」

腰の動きが速くなれば、ペニスに受ける快感もアップする。我慢汁がどんどん溢れて、無意識のうちに股間を迫りあげた。

「あああッ、奥まで届いてる」

杏奈の喘ぎ声が大きくなる。膣がキュウッと締まり、亀頭と太幹を猛烈に締めつけた。

「ぬううッ、も、もうっ」

これ以上は耐えられそうにない。懸命に訴えると、杏奈の腰の動きはさらに激しくなった。

「イッていいよ。あああッ、わたしも、い、いいっ」

「き、気持ちいいっ、くうううううッ」

奥歯を食いしばり、両手でシーツを握りしめる。しかし、そんなことでは耐えられない。射精欲が爆発的にふくれあがり、ついには快楽の大波が押し寄せて吞みこまれた。

「おおおおッ、で、出ちゃいますっ、おおおおッ、くおおおおおおおッ！」

膣のなかでペニスが脈動して、大量の精液が噴きあがる。

目の前がまっ赤に染まり、獣のような唸り声を部屋中に振りまく。女壺に牡の欲望を注ぎこむのは、全身が蕩けるような快感だ。股間を突きあげた状態で全身がガクガクと痙攣した。

「あああァッ、い、いいっ、いいのっ、あああああああァッ！」

杏奈もよがり泣きを響かせる。顎を跳ねあげて、白くて平らな下腹部を波打たせた。大量の熱い精液を注がれた衝撃で、昇りつめたのかもしれない。ペニスを根もとまで呑みこんだまま、女体を小刻みに震わせる。まるで肉棒を味わうように膣全体がうねっていた。

やがて糸が切れたように、杏奈が胸もとに倒れこむ。哲郎は絶頂の余韻で朦朧としながら、女体をしっかり抱きとめた。

5

ふたりは呼吸を乱したまま、しばらく動けなかった。

達したあと、こうして肌を合わせているのも気持ちいい。なにも考えずに、ただ抱き合っていた。

ようやく呼吸が整ってくると、頭のなかに立ちこめていたピンク色の靄（もや）も晴れていく。

凄まじい絶頂だった。

稲妻のような快感が突き抜けて、まだ全身に痺れが残っていた。セックスで達するのが、これほど気持ちいいとは知らなかった。

「これで土屋くんも大人の男だね」

杏奈はそう言ってキスしてくれる。

これが哲郎のファーストキスだ。表面が軽く触れたと思うと、舌がヌルリと入りこむ。舌をからめとられて、唾液ごとジュルルッと吸いあげられた。

(ああっ、最高だ……)

キスだけでも気持ちよくなる。

哲郎も反対に吸い返して、杏奈の甘い唾液をすすり飲む。すると、さらに快感が大きくなり、萎えて抜け落ちたペニスが再び頭をもたげはじめる。この調子なら何度でもセックスできそうだ。

(もう一回、お願いしても大丈夫かな……)

そんなことを考えたときだった。

視線を感じてはっとする。杏奈の肩ごしに、天井のほうから見られている気がした。

(こんなときに……)

盛りあがった気持ちが一瞬で冷めていく。

これまでは、漠然と視線を感じるだけで、どこから見られているのかはわからなかった。今は仰向けになっているからこそ、上からだとわかったのだろう。キスをしながら天井をじっと見つめる。

だが、とくに変わったところはない。木製の天井があるだけだ。

杏奈は哲郎に覆いかぶさってキスに没頭しているため、視線には気づいていない。怖がらせるだけなので、伝える必要はないだろう。

「大きくならないね」

杏奈は唇を離すと、ペニスをチラリと見てつぶやいた。

キスで大きくなったのに、視線に気づいたことで萎えてしまった。もう一回戦と思っていたが、しばらく勃ちそうにない。杏奈もやる気があったようなので残念だ。

(あれ……感じなくなってる)

いつしか視線が消えていた。

気のせいとは思えない。先ほどは確かに視線を感じた。やはり幽霊の仕業なのだろうか。

「このことはバイト仲間にも内緒だよ」

杏奈はそう言うと、身体を起こしてティッシュで股間を拭う。そして、そそくさと服を身につけはじめた。

夢の時間が終わってしまった。

はじめてのセックスは最高に気持ちよかったので満足だ。だが、最後に感じた視線だけは気になった。

第二章　天井裏の秘密

1

杏奈に筆おろしをしてもらってから四日が過ぎていた。

最高の体験だったが、杏奈は気まずくなったのかコンビニのアルバイトを辞めてしまった。

あの日は勢いもあってセックスさせてくれたのだろう。身体を重ねたことで好意が芽生えていたが、最初から一回だけという約束だった。だから、きっぱり忘れるつもりでいたのに、まさか辞めるとは思わなかった。

大学で見かけることはあるが、互いに話しかけないようにしている。あの晩のことは、ふたりだけの秘密になった。

哲郎の生活はなにも変わらないままだ。

自室と大学、それにアルバイト先をグルグルまわっている。普通に暮らしているだけでは、おもしろいことなどなにも起きなかった。

ただ自室にいると、ときどき視線を感じる。

以前はどこから見られているのかわからなかった。しかし、あの晩に天井だと意識したことで、視線の方向がつかめるようになっていた。

（今日は感じないな……）

哲郎はベッドに横たわり、天井をぼんやり見つめている。

この日はアルバイトがなかったので、大学からまっすぐ帰宅した。先ほど簡単な晩飯を作って食べ終えたところだ。

アルバイトが入っていないと、なにもやることがない。かといって、まだ午後七時で寝るには早かった。テレビもつまらないので、暇を持てあましてゴロゴロしていた。

（あの音はなんだったんだ？）

先日、天井で物音がしたことがずっと気になっている。

ときどき感じる視線と関係しているのだろうか。どちらも心霊現象なのか、それともまったく別物なのか。いくら考えてもわからない。

天井は目視で確認する限り、とくに怪しいところはなかった。

だが、古い物件なのでかなり汚れている。哲郎はタバコを吸わないが、喫煙者が入居していたこともあったようだ。木製の天井も壁紙もタバコのヤニで黄ばんでいる。そこに埃が付着して、もとの色がわからないほどだ。

天井を見つめていると、ふいにヤニの汚れが人の顔に見えたりする。ドキッとしてよく見れば、ただの汚れで安堵することを何度かくり返した。

(バカバカしい……心霊現象なんてあるわけないだろ)

心のなかでつぶやき、ふと疑問が浮かんだ。

そもそも哲郎は、これまで心霊現象とは無縁だった。その手のものは、霊感が強い人のまわりで起きるものだと思っていた。自分に霊感がないことはわかっている。

(ということは……)

心霊現象ではないとすると、なにが起きているのだろうか。

視線は哲郎の気のせいだとしても、物音がしたときは杏奈もいた。ふたりで聞いたのだから間違いなかった。

(もしかしたら……)

ふと恐ろしい考えが脳裏に浮かんだ。

手段はわからないが、何者かが屋根裏に侵入したのではないか。そして、住人の動向を探っているのかもしれない。泥棒なのか、変質者なのか、とにかく幽霊ではなく人間の仕業のような気がした。

（いやいや、慌てるな……）

心のなかで自分に言い聞かせる。

それなら、動物と考えるほうが自然ではないか。野良猫が入りこんで、屋根裏に住み着いているのかもしれない。

（よし……）

哲郎は意を決して起きあがった。

こうなったら自分で確認するしかない。屋根裏にあがる点検口がどこかにあるはずだ。確かバスルームの天井に開きそうな場所があった。

さっそくバスルームに向かうと、天井をチェックする。

アパートは古いがバスルームはリフォーム済みだ。ユニットバスで天井の一部が正方形の蓋のようになっている。一辺が五十センチほどで、四隅をネジでとめてあった。

（あそこから屋根裏にあがれそうだな）

いったん部屋に戻って準備をはじめる。

押し入れの奥から、カラーボックスを組み立てるときに使ったドライバーと懐中電灯を取り出す。脚立がほしいところだが、持っているはずがない。頑丈で人が乗れそうな物といったら卓袱台しかなかった。

食事をするのに使っているので、卓袱台に立つのは気が引ける。だが、謎を解明するためだと自分に言い聞かせてバスルームに運びこむ。小さくて不便だと思っていたが、その小ささが役に立った。

卓袱台の上に立ち、天井のネジをドライバーで緩める。正方形の蓋を慎重にはずすと、埃がふわっと舞って思わず顔をしかめた。

点検口が開いて、暗闇がひろがっている。懐中電灯を手に取り、恐るおそる頭を突っこんだ。

懐中電灯でなかを照らすと、まずは換気扇の機械とダクト、それに照明器具の配線が見えた。そのすぐ向こうには壁がある。バスルームの真上は、ユニットバスのサイズで仕切られていた。

この点検口はユニットバスの上にしかあがれない。部屋の屋根裏には行けない造りになっていた。

（なんだ、違うのかよ……）

蓋をしてネジ止めすると、卓袱台を持って部屋に戻った。

どこから屋根裏にあがるのだろうか。点検口は必ずあるものだと思ったが、どこにも見当たらなかった。

もしかしたら、アパートの屋根に点検口があるのではないか。いったん屋根にあがって入るのだとしたら、素人の哲郎には手を出せない。視線と物音の正体を確認したかったが、あきらめるしかないのだろうか。

がっかりしながら、ドライバーと懐中電灯をかたづけるために押し入れの襖を開けた。

（あれ……ここはどうなってるんだ？）

ふと気になった。

押し入れのなかの天井を懐中電灯で照らす。端のほうがベニヤの板で、切れ目があった。

部屋の天井とは明らかに造りが違う。なんとなく開きそうな気がして、背伸びをして指先で押してみる。すると、わずかに天井板が持ちあがった。

（おっ、開くぞ）

おそらく、ここに間違いない。

ようやく発見した。ベニヤ製の天井板はただ乗せてあるだけのようだ。こんな簡単な造りだとは意外だった。

押し入れのなかは二段になっており、上段には段ボール箱が五つほどつめこんである。これをどかさなければ屋根裏にあがれない。さっそく段ボール箱をすべて運び出した。

段ボール箱のなかにはふだん使わない物が入っているのだが、めったに開けることはない。もはや中身もわからないのだから、ほとんどが必要ない物だ。しかし、貧乏性でなかなか処分できずにいた。

物がなくなった上段に卓袱台を置く。そして、懐中電灯を手にしてあがりこんだ。

天井板は軽く押すだけで持ちあがり、簡単に取りはずせた。

（よし、今度こそ……）

押し入れの点検口を見あげて、一気に緊張感が高まった。

まっ暗な穴がぽっかり空いている。屋根裏になにがあるのだろうか。視線と物音の謎が解けるかもしれない。

哲郎は意を決すると、卓袱台の上に乗って立ちあがり、天井に空いた穴に頭を入れる。そして、懐中電灯であたりを照らした。

バスルームとは異なり、部屋の上がすべて見渡せる。

屋根裏は板張りの床のような感じで、埃がうっすら積もっていた。ところどころに梁や柱がある。立ちあがるほどの高さはないので、四つん這いで移動することになるだろう。

電気の配線は見えるが、それ以外に怪しい物は見えない。野良猫やネズミがいる気配もなかった。

(あがってみるか……)

怖くないと言えば嘘になる。

だが、興味が湧きあがっているのも事実だ。子供のころ、知らない場所を探検したときのような興奮を思い出していた。

(よし、行くぞ)

両手の力を使って体を持ちあげる。

押し入れの上段に置いた卓袱台の上に立っているため、上半身を屋根裏につっこんだ状態だ。そこから屋根裏にあがるのは、それほどむずかしくない。四つん這いになり、あらためて懐中電灯であたりを照らした。

板の上に埃が積もっていて、空気がどんより淀んでいる。部屋より暖かく感じるのは、暖気があがるせいだろうか。閉めきられているので、夏だったらサウナのように暑くなりそうだ。

視線と物音の原因はここにあるのだろうか。

懐中電灯で照らしながら、部屋の上に移動する。すると、積もっている埃に擦れた跡があるのを発見した。しかも、広範囲にわたっている。規則性はなく、乱雑な感じであちこちに跡がついていた。

（これは……）

やはり動物だろうか。

跡がしっかりついているので、ネズミのような小動物ではないだろう。動物だとしたら、最低でも猫くらいの大きさになるのではないか。

（いや、待てよ）

ふと自分の考えの間違いに気づいた。

動物なら四つ足で歩くのだから、体のサイズが大きくなっても関係ない。猫だとしても埃の上に足跡がつくのではないか。少なくとも、こんなふうに埃が擦れるとは思えなかった。

（それじゃあ、これは……）

懐中電灯で照らして周囲を入念に確認する。そして、背後を振り返り、思わず首をかしげた。

膝が擦れた跡がくっきりついている。それは、まぎれもなく自分が這ってできたものだ。しかし、まだ哲郎が移動していない場所にも、それとそっくりの跡がついていた。

動物ではない。人間が這った跡だ。

そのことに気づいた瞬間、背すじがゾッと寒くなった。何者かが屋根裏にあがり、徘徊しているのだ。

（ま、待て、慌てるな……）

懸命に恐怖を抑えこんで自分に言い聞かせる。

電気かなにかの点検で、作業員があがった跡かもしれない。そう思って、周囲の跡を懐中電灯で照らした。

自分がたった今つけた跡と比較する。埃の取れ具合はそっくりだ。時間が経過すれば、また埃が積もるはずだが、見た目には差がわからない。だが、哲郎が入居してから屋根裏の点検など一度もなかった。

ということは、作業員以外の何者かが屋根裏にあがったことになる。しかも、それはごく最近のことではないか。

(ま、まさか……)

記念すべき初体験の夜を思い出す。

あの日、確かに物音を聞いた。あれは屋根裏に侵入した者が立てた音ではないか。哲郎と杏奈が部屋でふたりきりだったとき、天井板のすぐ上には何者かが潜んでいたことになる。

「ひっ……」

恐怖が湧きあがって寒気に襲われた。

いったい、屋根裏でなにをしていたのだろうか。

そういえば、杏奈とセックスをしたあとで視線に気づいた。もしかしたら、天井にのぞき穴が開けられているのではないか。そして、一部始終を見られていたのかもしれない。

(あ、穴……どこかに穴が……)

あたりを隈なく探す。

どこかに穴があるはずだ。あの視線と物音は、心霊現象などではない。すべては人間の仕業だ。何者かが屋根裏にあがっていたのだ。

哲郎は自分の予想に確信を持っていた。

懐中電灯で照らしながら天井を細かくチェックする。ところが、のぞき穴は見つからない。そのとき、ふと思いついて懐中電灯を消してみる。とたんにまっ暗になり、天井の一部に小さな光の点が現れた。

(あった……)

部屋の照明がついているので、その光が漏れていたのだ。

穴の真上に移動して、右目を近づける。すると、部屋のなかが、はっきり見えた。おそらく、天井の中央付近だろう。部屋全体を見渡せる位置だ。自室を俯瞰することなどないので、不思議な気持ちになった。

(誰かが穴を開けて、のぞいてたんだ)

想像すると、またしても背すじがゾクッとする。

ごく小さな穴だが、目を近づければ部屋が隅々まで見えるのだ。ワンルームなので風呂とトイレ以外は観察されていたことになる。哲郎はその視線を感じていたのだ。

穴はいつ開けられたのだろうか。

直径はわずか数ミリだ。天井はタバコのヤニに埃が付着しているため、かなり汚れている。そのせいもあって発見できなかったに違いない。屋根裏は常に暗いので、部屋からだとなおさらわかりにくいはずだ。

誰がなんの目的でのぞいていたのだろうか。恐ろしいだけではなく、身の危険も感じた。

（警察に届けるべきだよな……）

いや、その前に不動産屋に話したほうがいいかもしれない。そんなことを考えていると、新たな疑問が脳裏に浮かんだ。

（どこから入ったんだ？）

思わず眉根を寄せる。

まさか哲郎の部屋から屋根裏にあがったわけではないだろう。押し入れには段ボール箱がつめこんであったので不可能だ。ということは、ほかにも侵入できる経路があるのだ。

アパートの二階には部屋が三つある。

だが、屋根裏はつながっていない。哲郎の部屋は中央の２０２号室で、両サイドには木製の壁がある。おそらく防犯上の理由だと思うが、屋根裏から行き来できないようになっていた。

それなら、どこから屋根裏に入りこんだのだろうか。

侵入経路を特定しようと、懐中電灯で周囲を照らして這いまわる。隣室との間仕切りの壁が怪しい。木の板を何枚か使って作られており、通路があるとすればここしかない気がした。

手で壁に触れながらチェックしていく。すると途中で板と板の合わせ目が、不自然に空いている箇所を発見した。

（もしかしたら……）

そっと押してみる。板が微かに動いた。

慎重に板をずらして取りはずす。すると、壁には人がひとり通れるほどの穴が開いた。

間仕切りに細工がしてあったのだ。

何者かがこの穴を使って、隣室から出入りしていたに違いない。隣の部屋は２０３号室だ。そこには玲子という人妻が住んでいる。のぞきをするタイプには見えないが、人は見かけによらないともいう。

（あの玲子さんが……）

この穴を使って行き来していたということか。

信じたくない気持ちが強いが、反対側の201号室は空室だ。玲子が自室の押し入れの点検口から屋根裏にあがり、哲郎の部屋をのぞいていた。そう考えるのが自然な気がした。

（どうして、俺の部屋を……）

ほとんど顔を合わせることがなく、互いのことをなにも知らないのだ。

玲子が自分に興味を持っているとは考えにくい。それとも、哲郎のことをチラリと見たときに、ひと目惚れしたとか。

（いや、それはないな……）

心のなかで否定して悲しくなる。

残念ながら平凡な顔立ちの男だと自覚していた。言葉を交わしたことがないのなら、なおさら興味を持たれるはずがなかった。

もしかしたら、のぞき癖があるのかもしれない。そういう人は他人のプライベートをのぞき見るという行為に興奮を覚えるらしい。

（それにしても、どうして俺なんだ？）

疑問が解消されることはない。

あれこれ悩んでいるとき、下のほうから微かな音が聞こえた。ドアの鍵を開ける音だ。203号室の玲子が帰宅したらしい。

(や、やばい……)

全身の毛穴からいっせいに汗が噴き出す。

哲郎は急いで仕切り板を直した。そして、音を立てないように細心の注意を払いながら、自室の点検口から押し入れに戻った。

(危ないところだった……)

襖を閉めてベッドに座ると、額に滲んだ汗を手の甲で拭う。

万が一、見つかってしまったら、哲郎がのぞきを疑われてもおかしくない。もし警察に突き出されたら、経緯を説明しても信じてもらえない気がする。実際にのぞいていたのは玲子だが、哲郎が邪(よこしま)な気持ちを抱いて屋根裏にあがったと思われるに違いなかった。

まだ心臓がバクバク鳴っている。手の指も小刻みに震えており、全身が汗だくになっていた。

しかし、かつてないスリルを感じたのも事実だ。

もしかしたら、玲子はこのスリルを楽しんでいるのではないか。そういうことなら、哲郎に興味はなくても、のぞきをしていた理由がわかる気がした。

（俺も、玲子さんの……）

プライベートを見てみたい。

ふとそんなことを考えてしまう。きれいな人妻の生活を知りたい。いけないと思いつつ、欲望が湧きあがるのを抑えられなかった。

2

隣室の人妻をのぞく――。

たった一度、妄想しただけだ。それなのに、そのことが頭から離れなくなってしまった。

玲子の生活を見てみたくて仕方がない。ひと目惚れした女性は、どんな暮らしを送っているのだろうか。それに服を着替えるところも見てみたい。裸体を拝めるかもしれないと思うと我慢できなかった。

三日後、哲郎はホームセンターで小型のハンドドリルを購入した。

簡単な計画だ。玲子が外出しているときを見計らって屋根裏にあがり、部屋の天井にのぞき穴を開ける。そうすれば、いつでも玲子の部屋をのぞくことができるのだ。

のぞき穴を使わないときは、小さく切ったガムテープでふさいでおく。そうすれば玲子が屋根裏にあがったとしても、自分の部屋の明かりが漏れていることに気づかない。

あとは作戦を実行するだけだ。

ハンドドリルを購入した二日後、アルバイトが休みで大学からまっすぐ帰宅した。玲子が帰宅するのは、たいてい午後十時すぎだ。哲郎はすぐに耳を壁に押し当てると、隣室に人がいるかどうかを確認した。

時刻は午後五時前だ。

物音ひとつしない。水の流れる音も聞こえない。それでも、十五分ほど様子をうかがいつづけた。

(誰もいない。今なら大丈夫だ)

そう確信すると、押し入れの天井の点検口から屋根裏にあがった。間仕切りの板をずらして、203号室の上に這って移動する。そして、部屋の中央付近で動きをとめた。

(このあたりだな……)

ハンドドリルの切っ先を天井板に押し当てる。

入念に計画を立てたのに、いざとなると手が震え出す。穴を開けたら、あと戻りできなくなるのだ。

（それでも……）

どうしても部屋をのぞいてみたい。

欲望はふくれあがる一方だ。こんな気持ちになったのは、先日の玲子と店長の生々しいやり取りを聞いた影響もある。あのときの色っぽい声が耳の奥に残っているのだ。今度はナマで見てみたいと思うのは当然のことだった。

（やるぞ……）

哲郎は心のなかでつぶやくと、ハンドドリルを慎重にまわしはじめる。

開ける穴はほんの数ミリの小さなものだ。玲子に気づかれてしまっては元も子もない。それに穴を開ければ、どうしても天井板の削り屑が部屋に落ちる。穴が小さければ小さいほど屑は少なくなるはずだ。とにかく、気づかれるリスクを最小限に抑えたかった。

（よし、開いたな）

ハンドドリルをまわす感触で、天井板を貫通したのがわかった。

ドリルを引き抜くと、直径数ミリの穴が開いていた。右目を近づけてのぞいてみる。

窓から射しこむ傾きかけた日の光が、部屋のなかを眩いオレンジ色に染めていた。

(見えるぞ……)

緊張と興奮が同時に湧きあがる。

目論見どおり、穴はちょうど天井の中央あたりに開いたようだ。畳の上には焦げ茶の絨毯が敷いてあり、窓際にベッドがある。ほかには籐製のチェストと化粧台、それに白くて小さなローテーブルが目に入った。

テレビやパソコンなどはない。じつにシンプルな部屋だ。まだ入居して日が浅いので、物がそろっていないだけだろうか。夫と別居中とのことなので、節約しているのかもしれなかった。

とにかく、今日のところはここまでだ。のぞき穴に小さく切ったガムテープを貼ると自室に戻った。

しばらくは屋根裏にあがらず様子を見るつもりだ。玲子が天井の穴に気づくかもしれない。そのとき玲子は騒ぎ出すのか、それとも自分ものぞきをしていたので黙っているのか。

もしバレたときは玲子の出方しだいだ。

なにしろ、この部屋の天井にも穴が開いている。何者かが開けたのは間違いない。

きっと玲子だと思う。予想したとおり玲子だったとしたら、黙っているはずだと踏んでいた。

なんとなく落ち着かなくてテレビをつける。そわそわしてチャンネルを変えることをくり返す。

しかし、内容が頭に入ってこない。なにを見てもおもしろくない。結局、テレビを消して、ベッドにゴロリと横になった。

（本当にやっちゃったよ……）

時間が経つほどに実感が湧きあがる。

屋根裏にのぞき穴を開けるとは、かなり変態チックなことではないか。こんなことで捕まって、それを世間に知られたら恥ずかしい。

いや、恥ずかしいだけではすまない。きっと大学から追い出されて、就職もできなくなる。今はすぐにインターネットで拡散するので、恥ずかしい犯罪が全世界に知られてしまう。

（そんなことになったら、俺は……）

いったい、どうなってしまうのだろうか。

自分の浅はかさに、今さらながら気がついた。だが、天井に穴を開けてしまった。

犯罪の痕跡を残してしまったのだ。

いつしか時刻は午後十時になろうとしている。

いつもどおりなら、そろそろ玲子が帰宅する時間だ。哲郎は逃げ出したい衝動に襲われて、ベッドで毛布を頭からかぶって震えた。

(俺、馬鹿なことを……)

恐ろしくてたまらない。

とんでもないことをやらかしてしまった。捕まるのは時間の問題のような気がした。

しばらくすると、隣室で鍵を開ける音がした。

玲子が帰宅したのだ。極度の緊張に耐えきれなくなり、哲郎は毛布をかぶったまま胎児のようにまるまった。

「ありがとうございました」

ドアが開くと同時に玲子の声が聞こえた。

誰かといっしょにいるらしい。哲郎は毛布から頭を出して、思わず聞き耳を立てた。

「お茶くらい出してくれよ」

男の声だ。先日の店長と呼ばれていた男に違いない。セックスの一部始終を聞いてしまったので、いやでも声を覚えてしまった。

「この間のようなことは困ります……」

「もう、あんなことはしないよ。約束する」

店長の口調は軽い。

まったく信用できない男だが、職場の力関係があるのか玲子は強く拒絶できないらしい。

「送ってくださったのは、ありがたいのですが……」

「それならお茶くらい出してくれよ。一杯だけ飲んだら帰るからさ」

どうやら、また送り狼を狙っているようだ。

「すぐに帰るから、ちょっとだけあげてくれよ」

店長の声につづいて、ドアの閉まるガチャッという音が響いた。

すでに玄関に入りこんでいるらしい。このままだと前回と同じことが起きるのは目に見えていた。

(きっと、また……)

哲郎は思わずベッドの上で体を起こす。

店長はまた強引に迫り、なし崩し的なセックスに持ちこむに違いない。その様子をのぞき穴から見たいという欲望が湧きあがる。つい先ほどまで震えていたのが嘘のように興奮していた。

(どうせなら、捕まる前に……)

一度くらいは拝んでおきたい。

ただ穴を開けただけで捕まるのは悲しすぎる。玲子がセックスしているところをナマで見てみたかった。

急いで押し入れに向かうと、懐中電灯を片手に点検口から屋根裏にあがる。そして、仕切り板をはずして、２０３号室の天井へと這い進んだ。

3

懐中電灯を消してから、ガムテープをそっと剝がす。そして、四つん這いの状態で、右目をのぞき穴に近づけた。

「ま、待ってください。お茶を飲むだけって……」

玲子が男に腰を抱かれて、弱々しく身をよじっている。

斜め上から見おろす位置だ。部屋には明かりがついており、すべてがはっきり確認できた。ふたりはベッドの前に立っている。抵抗する玲子を男が強引に押さえつけていた。

緊迫した状況なので、のぞき穴の存在には気づかれていない。穴を開けたときに出たであろう削り屑が、絨毯に落ちている可能性もある。だが、ふたりがそのあたりを踏んでくれたので、削り屑でバレることもないだろう。

（あいつが店長か……）

哲郎はのぞき穴から男をにらんだ。

はじめて「店長」の姿を目にして、怒りが沸々とこみあげる。いったい、何屋の店長なのだろうか。ろくでもない男なのだから、きっとろくでもない物を売っている胡散くさい店に違いない。

声から想像していたとおり、年齢はおそらく四十歳くらいだ。とくに特徴のない顔立ちだが、長身で筋肉質なのは想定していなかった。

近くにブルゾンが脱ぎ捨ててあり、店長は白いTシャツにジーンズという格好だ。袖から上腕二頭筋の盛りあがった太い腕が見えている。その腕を腰にまわされたら、玲子が動けるはずがなかった。

玲子はモスグリーンのスカートにクリーム色のセーターを着ている。コートが足もとに落ちているのは、店長に脱がされたからではないか。

（あいつがやったのか……）

　哲郎は苛立つと同時に興奮を覚えた。

　美しい人妻が欲望を剝き出しにした男に迫られて、必死に躱そうとしているのだ。玲子を応援したい気持ちと、押し倒されて淫らに乱れる姿を見たい気持ちがせめぎ合っていた。

「お茶はあとでいただくよ。その前にやることがあるだろ？」

　店長の声が聞こえる。先ほどとは口調が変わっていた。

「さ、最初からそのつもりで……」

「子供じゃないんだ。大人のつき合いってやつだよ」

　店長は玲子の腰を抱いたまま顔を寄せる。

　キスをするつもりらしい。玲子は顔を右に左に向けて、なんとか唇を奪われないようにしている。

「い、いやです……やめてください」

「おいおい、いいのか。うちのスーパーで働けなくなったら困るだろう？」

　店長の声のトーンが低くなった。

　怒鳴るわけではないが、脅すような口調になっている。なれているのは間違いない。

こうして何人もの女性が犠牲になってきたに違いなかった。

「玲子ちゃんの時給は特別に高くしてあるんだ。パートでこんなに稼げるところはほかにないぞ」

ベラベラしゃべってくれるおかげで、ふたりの関係がわかってきた。

男はスーパーの店長だ。そして、玲子はそのスーパーでパートとして働いているらしい。おそらく、仕事終わりに家まで送るなどと言って、玲子の部屋にあがりこんだのだろう。

「面接のとき、旦那と別居中で金が必要だって言ってたよな。だから、俺の裁量で優遇してやってるんだ。見返りがあるのは当然のことだろう。いやなら、すぐに辞めてくれていいんだぞ」

身体を要求しているのは明らかだ。

玲子が強く拒絶できないのをわかっていて強引に迫っている。クビまでチラつかせるとは最低の男だ。

(なんてやつだ……)

猛烈な怒りを覚えて、思わず拳を握りしめる。

その直後、店長と玲子の唇が重なった。それを目の当たりにして、激しいショックを受けた。

玲子は逃げ疲れたのか、それとも脅し文句に屈したのだろうか。困ったように眉を八の字に歪めて、目を強く閉じている。いやがっているのは確かだが、突き放すこともしなかった。

（そんな、玲子さん……）

哲郎は見ていることしかできない。

のぞきをしているからこそ知り得た事実だ。だから、玄関にまわって助けに入ることはできない。そもそも、哲郎と玲子は隣人というだけで、まともに言葉を交わしたことすらなかった。

じりじりしながら、ただのぞきつづける。

やがて店長の手が玲子のセーターをまくりあげて、頭から抜き取った。白いブラジャーに包まれた乳房が露出する。上から見おろしているため、乳房の谷間がはっきり確認できた。

さらに店長がスカートをおろしはじめる。すると、玲子は自ら足を片方ずつ持ちあげて、スカートを脱ぎ去った。ストッキングをおろされると、やはり同じように協力した。

（そんな男に従って、いいんですか？）

思わず心のなかで語りかける。

だが、玲子は厳しい境遇に置かれているのだ。受け入れるしかないと、あきらめたのかもしれない。身をまかせることで、割のいい仕事を確保しておきたいのではないか。

これでは店長の思う壺だ。腹立たしさに奥歯を強く嚙むが、哲郎にできることはなにもなかった。

「邪魔な物は取ろうか」

店長が玲子の背中に手をまわしてブラジャーのホックをはずす。とたんにボリュームのある双つの乳房が溢れ出た。

（おおっ、で、でかい……）

一瞬で視線が引きつけられる。

杏奈の乳房より、ふたまわりは大きい。白くてたっぷりしたふくらみが、波打つように揺れている。先端を彩っている乳首は明るい紅色だ。肌が白いため、なおさら乳首の色が強調されていた。

「ああっ……」

玲子は小さな声を漏らして顔をうつむかせる。

だが、店長が手を緩めることはない。パンティに指をかけると、あっという間に引きさげて足から抜き取った。

これで玲子が身につけている物はなにもない。

しかし、のぞき穴からだと、角度的に股間を拝むことは不可能だ。見えそうで見えないのが、なんとももどかしかった。

「い、いやです……」

玲子はすべてを奪われて、顔をまっ赤にしながら自分の身体を抱きしめる。恥ずかしげに腰をくねらせる姿が、かえって牡の欲望を煽り立てた。

「相変わらず、いい身体してるじゃないか」

店長は興奮した様子で服を脱ぎ捨てる。裸になると仁王立ちしたまま、股間をグイッと突き出した。

「しゃぶれよ」

偉そうに告げると、玲子の肩を押さえつけてしゃがませる。玲子のすぐ目の前に店長の股間が迫っているのだ。

(さすがにそれは……)

哲郎は心のなかでつぶやいた。

いくら別居中とはいえ、夫以外のペニスに口で愛撫するとは思えない。やるはずがないと信じていた。

ところが、玲子は困った顔をしながら、両手を店長の股間に伸ばす。すでに勃起しているペニスに添えると、顔をゆっくり寄せていく。

「ンっ……」

微かな声を漏らしてペニスの先端に口づけした。

さらにそのまま唇を開いて、亀頭の表面を滑らせると、ぱっくり咥えこんでしまった。

「おおっ、いいぞ。しっかり舐めるんだ」

店長が低い声で呻いた。

その声がなんとも不快で、哲郎はのぞきながら顔をしかめる。苛々してならないが、ここからどうなるのか気になって仕方なかった。

「ンっ……はむっ」

玲子は鼻にかかった声を漏らしながら、首をゆったり振りはじめる。

ピンク色の唇から、ペニスが出入りする様子がよく見えた。肉胴はすぐ唾液にまみれて、ヌラヌラと妖しげに光り出す。

（フェ、フェラチオ……玲子さんがフェラチオを……）

信じられないことが起きている。

好きでもない男のペニスを口に含んで愛撫するのは、どれほどの屈辱を感じるのだろうか。激しく同情するが、一方で未知の快楽を想像してしまう。フェラチオの経験がないので、異常なほど興奮した。

「もっと唇で締めつけながら首を振ってみろ」

店長は偉そうに指示を出す。

すると、玲子は唇をすぼめて、首の動きを速くした。ジュポッ、ジュプッという湿った音が部屋のなかに響きわたる。その音は屋根裏でのぞいている哲郎にもしっかり届いていた。

「ンっ……ンっ……」

玲子はリズミカルに首を振っている。

そんな姿を見ていると気の毒でならない。それでも哲郎のペニスはギンギンに硬くなってしまう。申しわけないと思いつつ、はじめてナマで見るフェラチオに興奮していた。

「旦那以外のチ×ポを咥える気分はどうだ」

店長が意地の悪い言葉をかける。すると、玲子はペニスを口に含んだまま、首を左右にゆるゆると振った。

「そんなこと言わないでください……」

くぐもった声で答えると、再び唇をヌルヌルと滑らせる。

行為に没頭することで、おぞましい現実を忘れようとしているかのようだ。少なくとも哲郎の目にはそう映った。

「まだ三十二歳なんだよな。それなのに別居して、ほかの男のチ×ポをしゃぶってるのか。憐れすぎて我慢汁がとまらなくなってきたぞ」

どこまでも最低の男だ。

言葉でも辱め（はずかし）ながら腰を振り、亀頭を玲子の喉奥にたたきこむ。それでも玲子はペニスを吐き出さない。

「あうッ……あむうッ」

苦しげな声を漏らすが、懸命に我慢している。

こんな男に縋らなければ生きていけないのだろう。そんな悲哀に満ちた姿がなおさら興奮を誘った。

「よし、それくらいでいいぞ。たっぷりしゃぶってくれたから、お返しをしてやるよ」

店長はそう言うと、玲子をベッドで横たわらせる。

仰向けになったことで、玲子の裸体がのぞき穴からはっきり見えた。乳房はやはりたっぷりしており、いかにも柔らかそうだ。腰が細く締まることで、見事な曲線を描いていた。

股間に生えている陰毛はわずかしかない。おそらく生まれつきなのだろう。恥丘の白い地肌が透けていた。

(なんてきれいなんだ……)

思わず見惚れてしまう。

玲子が最低の男に好き放題されているのに、哲郎はうっとり見つめていた。それほど神々しい裸体だった。

「俺も口でやってやるよ」

店長は恩着せがましく言うと自分もベッドにあがり、仰向けになった玲子の足首をそれぞれつかんだ。

「わ、わたしは、大丈夫ですから……」

「遠慮するなって」

なにをするのかと思えば、店長はつかんだ足首を大きく持ちあげる。

仰向けになっている玲子の尻がシーツから浮いて、股間が真上を向いた。いわゆる、まんぐり返しの体勢だ。

（おおっ……）

哲郎は思わず目をカッと見開いた。

まんぐり返しになったことで、玲子の秘部がまる見えになったのだ。このときばかりは、店長に対する怒りが一瞬だけ薄れた。

女陰が剝き出しになっている。毒々しいほど赤くて艶めかしいが、ほとんど形崩れしていない。杏奈と比較しても、色は異なるが形状はそれほど変わらない気がした。

三十二歳ということだが、経験はそれほど積んでいないのではないか。

しかし、割れ目からは大量の華蜜が溢れており、二枚の陰唇はヌラヌラと濡れ光っていた。

（どうして……）

哲郎はのぞき見しながら首をかしげる。

いやいやだったのにフェラチオをしたことで興奮したのか、それとも喉奥をペニスで突かれたのが刺激になったのだろうか。いずれにしても、玲子が昂っているのは間違いない。

いやがっているのは本心だと思う。だが、身体は確実に反応している。もしかしたら、マゾの気があるのかもしれない。この状況で濡れているのを見ると、そんな気がしてならなかった。

「こんな格好、いやです……」

玲子がまんぐり返しに抑えこまれて抗議する。しかし、激しく暴れたりはしなかった。

「一回経験したら、これが好きになる。たっぷり感じさせてやるよ」

店長は自信満々に言うと、玲子の股間にむしゃぶりつく。女陰に口を押しつけて、ジュルジュルと音を立てながら舐めはじめた。

「ああッ、い、いやぁっ」

玲子の悲痛な声が響きわたる。

宙に浮いた脚がつま先までピーンッと伸びきった。女体がピクピクと小刻みに揺れるのは、おそらく店長の舌の動きに反応しているのだろう。かなり敏感なのが手に取るようにわかった。

「あッ……あッ……や、やめてください」

口では抗っているが、玲子はされるがままになっている。股間から響く湿った音が、時間の経過とともに大きくなっていた。

「すごいな。もうグショグショになってるぞ」

店長が股間から顔をあげてつぶやく。

その言葉どおり、再び露出した女陰は先ほどよりも濡れている。割れ目から透明な汁が大量に溢れて、二枚の花弁を潤していた。

「こうやって舐められるのが気に入ったみたいだな」

「違います……」

玲子は赤く染まった顔をそむける。

だが、まんぐり返しに抑えこまれているため、赤く充血した陰唇は露出したままだ。湯気を立てそうなほど蕩けており、物欲しげにヒクヒクしている。さらなる刺激を求めているのは明白だった。

「そろそろ本番といこうか」

店長は玲子の脚をおろすと、正常位の体勢で覆いかぶさる。

ペニスの先端が膣口に触れたのか、玲子が我に返ったように首を左右に振りたくった。

「ま、待ってください。それだけは……」

「今さらなに言ってるんだ。この間は、あんなに悦んでたじゃないか」

店長は聞く耳を持たずに腰を押し進める。

クチュッという音がして、玲子の顎が跳ねあがった。ペニスが膣に入ったのだろう。さらに店長が腰を押しつけたことで、玲子の両足が宙に浮きあがる。結合が深まったのが、のぞき穴からもはっきりわかった。

「あああッ……ダ、ダメです」

「なにがダメなんだ。身体のほうは悦んでるぞ」

玲子は抗いの声を漏らすが、店長は構うことなく腰を振りはじめた。

「ああッ、そ、そんな……」

「なかはトロトロだな。気持ちいいんだろ」

「あああッ、動かないでください」

艶めかしい喘ぎ声が屋根裏まで届く。店長の肩ごしに、玲子の快楽に歪んだ顔が見えた。

結合部分が見えないのはもどかしい。それでも店長の尻が動くことで、膣のなかをかきまわしているのがはっきりわかる。響きわたる蜜音からもセックスしている生々しさが伝わった。

「おおおッ、すごくいいぞ」

店長は上半身を伏せると、玲子の身体を強く抱きしめる。

筋肉質のぶ厚い胸板で、大きな乳房を押しつぶしているはずだ。柔らかい双つのふくらみが変形しているのが想像できる。店長の腰の動きが速くなり、湿った蜜音が大きくなった。

「ああッ……ああッ……」

玲子は喘ぎ声をあげて、店長の下で身をよじる。

ペニスを打ちこまれるたび、否応なく女体が反応しているのだ。ひと突きごとに高まり、ついには両手を店長の背中にまわして抱きついた。

「あああッ、ダ、ダメぇっ」

「素直になってきたな。もっと感じていいんだぞ」

店長が腰の動きをさらに速める。

尻の筋肉を引きしめて、力強くペニスを打ちこむ。女体が壊れてしまうのではないかと思うほどの激しいピストンだ。

「あぁあッ、つ、強いっ、あああッ」

「強いのが好きなんだろっ、ぬおおおッ」

「はあああッ、も、もうっ……はあああッ」

玲子の喘ぎ声がいっそう大きくなる。

欲望を抑えられなくなったのか、店長の背中にまわした手に力が入る。爪を皮膚に食いこませて、たまらなそうにしがみついた。

「ううぅッ、感じてるんだなっ」

店長の言葉に、玲子が微かにうなずいた気がする。その直後、宙に浮いている脚がビクビクと痙攣した。

「あああぁッ、も、もうっ」

「ようし、イカせてやる。俺が出すと同時にイクんだぞっ」

店長は勝手なことを言いながら、腰を激しく打ちつける。

女性に対する愛情など微塵もない。まるで野獣のように女体を貪り、本能のままにペニスを出し入れする。欲望を剥き出しにして、ひたすらに快楽だけを求めるセックスだ。

だが、そんなひどい扱いを受けているにもかかわらず、玲子の喘ぎ声は艶めかしさを増していく。

「あああッ、ダ、ダメっ、ダメですっ、はあああッ」

　絶頂への階段を昇っているのは間違いない。

　男の腰の動きに合わせて、玲子は激しく身をよじる。顎が自然とあがり、歓喜の涙さえ流しながら感じていた。

「くううッ、出すぞっ、おおおおッ、ぬおおおおおおおおッ！」

　店長が雄叫びをあげて全身を震わせる。

　腰を思いきり押しつけて、ペニスを膣に深く埋めこんだ状態だ。女体を強く抱きしめながら力んでいる。とくに尻の筋肉が収縮しており、精液を大量に注ぎこんだのは間違いない。

「ひあああッ、ダ、ダメっ、あああッ、あああああああああッ！」

　ほぼ同時に玲子もよがり泣きを響かせる。

　夫ではない男の体にしがみつき、全身に激しい痙攣を走らせた。別居中とはいえ玲子は既婚者だ。それなのに膣内で射精されたことで、背徳的な快楽に溺れているように見える。

「ダメっ……ダメっ……」

譫言（うわごと）のように口走っているが、表情は蕩けきっている。望まない男に犯されて、どうしようもないほど感じているのは明らかだ。まだ男の背中に両手をまわしたままで、腰をクネクネとよじっていた。

（れ、玲子さんっ……）

哲郎は思わず心のなかで呼びかける。

快楽に流されている玲子は、あまりにも淫らで美しい。これほど興奮する情景はほかにない。夢中になるあまり、無意識のうちにスウェットパンツの股間を握りしめていた。

勃起したペニスがボクサーブリーフのなかで脈動している。こらえきれずに暴発して、大量の精液を放出してしまった。

（俺は、なにを……）

絶頂の余韻のなか、自己嫌悪がじわじわと湧きあがる。

のぞき穴から玲子が犯される姿を見つめて、オナニーしてしまったのだ。

最低のことをした自覚はあるが、最高の快楽を味わった。のぞきをしているというスリルも加わり、これまでの自慰をはるかに越える愉悦だった。

精液まみれの股間がヌルヌルして気持ち悪い。

だが、ペニスを出して直接しごかなくてよかったと思う。屋根裏に精液をまき散らしてしまったら、面倒なことになっていた。ボクサーブリーフのなかに射精したので、後始末をしなくてすんだ。

「しばらく楽しませてもらえそうだな」

店長の声が聞こえた。

再びのぞき穴に右目を寄せると、ペニスを膣から引き抜いた直後だった。

店長はベッドに腰かけて、ペニスをティッシュで拭っている。玲子は四肢を投げ出した状態で、虚ろな瞳を天井に向けていた。

(えっ……)

一瞬、視線が重なった気がしてドキリとする。

しかし、玲子はまったく反応しない。のぞき穴を見つけたのなら、驚いた顔をするはずだ。

(気のせいか……)

ほっとして胸を撫でおろす。

そうしている間に、店長は服を身につけていた。立ったまま玲子を見おろしてニヤリと笑う。

「また来るぞ。おまえがおとなしくしていれば、うちで働かせてやる。逆らったらどうなるかわかってるな」

卑劣な脅し文句を浴びせかけると、そのまま部屋から出ていった。

玲子は裸で仰向けになっている。激しいセックスと絶頂の名残で胸を喘がせていた。悲しげな表情を浮かべているが、どこか満足げな感じも漂っている。愛のないセックスでも、身体は満たされたのかもしれない。

(玲子さん……そうなんですか?)

心のなかで問いかける。

玲子が本気でいやがっていないのなら、哲郎にはどうすることもできない。脅されているが、助けを必要としているようには見えなかった。

第三章　人妻にしてほしいこと

1

　哲郎はコンビニのアルバイトを終えて、アパートに向かって歩いている。

　時刻は夜の十時をまわっていた。帰りぎわに店長からバックヤードの整理を頼まれて、すっかり遅くなってしまった。残業代がつくのはありがたいが、ひどく疲れた気がした。

　あの日から、どうにも気持ちが落ち着かない。

　屋根裏にあがり、玲子と店長のセックスをのぞき見したのだ。あらためて思い返すと信じられない。平凡を絵に描いたような男だったのに、どうしてあれほど危険なことをしたのだろうか。

きっかけは視線を感じたことだった。

謎を解明するため屋根裏にあがり、自室の天井にのぞき穴を発見した。玲子がのぞいていたと思うと気持ちを抑えられなくなった。

(でも、結局のところ……)

玲子に惹かれていたのが原因だ。

気になっていた女性が、自分の生活を盗み見た。その事実が哲郎の理性を狂わせたのだ。

逆に彼女のプライベートをのぞいてみたくなった。

想いは募り、妄想が加速した。そして、ついには実行に移して、のぞき穴を開けてしまったのだ。

あれから三日が経っている。

玲子が犯されて昇りつめる姿は衝撃的だった。乱れる玲子をのぞき穴から盗み見るのは、癖になりそうなほど興奮した。

のぞきをやめられない人間の気持ちが、少しわかった気がする。

だからこそ、屋根裏にあがるのを自ら封印した。これをつづけたら、きっとやめられなくなる。いつか取り返しのつかないことになってしまう。自制できる今のうちにやめるべきだと思った。

しかし、玲子の喘ぐ顔が瞼の裏に焼きついている。

その記憶がある以上、のぞきをやめるのは簡単なことではない。毎回、見られるわけではないとわかっているが、のぞき穴の誘惑と常に戦っている状態だ。あの日から、ずっと落ち着かないままだった。

(ああっ、玲子さん……)

どうしても頭から離れない。

またしても禁断症状が出てしまう。こうして住宅街を歩いているだけで、股間がムズムズしていた。

こういうときは、早く帰ってオナニーをするしかない。射精をすれば、少しは気持ちが治まることを学んでいた。

やがて江戸川荘が見えてくる。

鉄製の外階段をあがり、自室の前で立ちどまると、ブルゾンのポケットから鍵を取り出した。

(とりあえず、一発抜くぞ)

そんなことを考えながら解錠したときだった。

外階段をあがる、カンッ、カンッという足音が聞こえた。二階に住んでいるのは哲郎と玲子だけだ。

（もしかして……）

ドアノブに手をかけた状態で動きをとめる。

そして、期待に胸をふくらませながら、階段をあがってくる人物の姿が見えるのを待った。

次の瞬間、大きな声をあげそうになり、ギリギリのところでこらえた。

果たして現れたのは玲子だった。白いワンピースに薄手のコートを羽織っている。セミロングの黒髪を揺らしながら歩く姿が、まるでスポットライトを浴びているように輝いて見えた。

こんばんは――。

そう言おうと思ったのだが、喉がつまったようになって声が出ない。のぞきをしたことはバレていないはずだ。それでも極度の緊張で、たった一言の挨拶ができなかった。

「あっ……」

玲子の唇から小さな声が漏れる。

哲郎を見た瞬間、とまどった顔をした。彼女ものぞきをしていたので、緊張したに違いない。

（これは気まずいぞ……）

かろうじて会釈をするが、やはり声は出なかった。

玲子は２０３号室の前まで来ると、バッグのなかから鍵を取り出す。無言で部屋に入ってしまうのかと思ったら、こちらに顔を向けた。そして、微笑を浮かべて会釈を返してくれた。

「こんばんは」

「ど、どうも……」

哲郎は慌てて頭をさげる。

かすれた声が出たが、彼女に聞こえたのかどうかはわからない。それでも、玲子が挨拶してくれたことがうれしかった。

ほんの一瞬だけの交流だ。

時間にして、わずか一分ほどだろうか。それぞれ自室に入り、夢のような時間は終わりを告げた。それなのに、哲郎はスキップしたいほどテンションがあがっていた。

互いにのぞきをしているが、ふたりの状況はまるで違う。

玲子は自分だけがのぞきをしていると思っている。哲郎に気づかれていることを知らない。そして、自分が逆にのぞかれているとは、夢にも思っていない。だから、微笑を浮かべて挨拶できたのだろう。

(俺のこと、どう思ってるのかな……)

冷静になって考えると、複雑な気持ちが湧きあがる。

じつは昨晩も部屋にいて視線を感じたのだ。アルバイトを終えて帰宅したのが午後十時前だった。インスタントラーメンを作り、テレビを眺めながら食べているときに気がついた。

のぞき穴から見られている。そう感じた瞬間、天井を見あげそうになり、懸命にこらえた。

とにかく、波風を立てたくない。哲郎も玲子の部屋の天井にのぞき穴を開けたのだ。それを隠し通すには、のぞかれていることに気づいていないフリをつづけるしかなかった。

きっと玲子には、のぞき癖がある。

頭ではいけないと思っていても、のぞきをやめられないのではないか。嫌いな男が相手でも、押し倒されると喘いでしまうように……。

そんな玲子の裏の顔を知るほど、ますます惹かれていくのを感じていた。

2

シャワーを浴びると、ご飯を炊いてレトルトカレーをかけて食べた。

明日は一時限目から講義がある。早々に寝るつもりだったが、玲子と挨拶を交わしたことでテンションがあがっている。ベッドで横になっても、なかなか寝つけなかった。

ピンポーンという呼び鈴の音が聞こえた。

玲子の部屋だ。時刻はすでに午後十一時半をすぎている。こんな夜遅くに訪ねてくるとは、なにごとだろうか。

(もしかして……)

いやな予感がこみあげる。

脳裏に浮かんだのは店長の顔だ。あの男なら時間を気にせず、いきなり押しかけてきてもおかしくない。

呼び鈴は何回も鳴っている。

玲子は在宅しているはずなのに応対しない。店長だと思って警戒しているのではないか。もしかしたら、居留守を使うつもりかもしれない。

（そうだよ。出ないほうがいい）

哲郎は心のなかでつぶやいた。

また襲われるのは目に見えている。なにしろ、あいつはセックスのことしか考えていない野獣のような男だ。部屋に一歩でも入れたら、同じことが起きるに決まっていた。

呼び鈴が鳴りやんだ。

店長があきらめたのかと思ったが、今度はスマートフォンの着信音が鳴りはじめた。壁ごしに聞こえるので、まず玲子のスマホで間違いない。すぐにスマホの着信音がやんで、再び隣室の呼び鈴が鳴りはじめる。

（これって……）

テレビのドラマで見た覚えがある。

借金取りが債務者の在宅を確認するシーンだ。スマホを鳴らして、玄関ドアごしに着信音が聞こえれば室内にいる。そうやって居留守を見破っていた。それと同じことを店長がやったのではないか。

しつこく呼び鈴を鳴らされて根負けしたらしい。隣室からガチャッという音が聞こえた。玲子が解錠したのだ。

「早く開けろっ」

ドアを乱暴に開く音につづいて、男の怒鳴り声が聞こえる。

店長に間違いない。待たされたことで気が立っており、いつになく大きな声になっていた。

「す、すみません……」

玲子の声は怯えきっている。

自分のことを二度も脅して抱いた男がやってきたのだ。ドアを開けないつもりだったが、結局、開けざるを得なかった。今はまた抱かれるのではないか、そして、また快楽に流されてしまうのではないかと怯えているはずだ。そんな彼女の心情が手に取るようにわかった。

「居留守を使おうとしただろう」

「そ、そういうわけでは……」

「わかるんだよ。おまえみたいな女を何人も見てきたんだ。俺から逃げられると思うなよ」

店長の言葉で確信する。

やはり多くの女性に同じことをしてきたのだ。そして、今は玲子を標的にしている。またしても、欲望のままに身勝手なセックスをするつもりに違いない。哲郎は悶々としながら、それを聞かされるのだ。

玄関ドアを閉める音がする。ドカドカという乱暴な足音が響いて、部屋のなかに移動するのがわかった。

「こんな時間に困ります……」

玲子が困惑してつぶやく。

深夜に来られたら迷惑に決まっている。ましてや、相手はパワハラ上司の強姦魔だ。今は恐怖に震えているのではないか。いや、玲子の場合は心のどこかで期待している可能性もあった。

「さっきまで副店長たちと飲んでたんだ。そうしたらムラムラしてきたから解散して、ここに寄ったんだよ」

どうやら、やる気満々らしい。玲子のことを性の対象としか見ていないのだろう。やはり最低の男だ。

（あの野郎……）

哲郎は腹のなかで吐き捨てた。

その一方で、のぞきの誘惑が頭をもたげている。店長に犯されて、徐々に乱れていく玲子の姿を見てみたい。あの興奮をもう一度味わいたい。抑えきれない欲望がふくれあがる。

思わず視線が押し入れに向いた。

あの襖を開けて、点検口から屋根裏にあがれば、また玲子が悶え泣く姿を拝めるのだ。

（ダメだ。もう二度とのぞきはしないって決めたんだぞ）

心のなかで自分に言い聞かせる。

のぞきたくて仕方がない。しかし、最低の行為でプライベートを知ったところで、彼女に近づけるわけではなかった。

「これ以上、あんなことはいやなんです。帰ってください」

玲子が毅然と言い放った。

また流されるものだと思っていた。強引に迫られると断りきれず、快楽の虜になってしまう。そんな玲子にも魅力を感じていた。ところが、意外にもきっぱり拒絶した。

「なんだと？」

店長の声のトーンが低くなる。

むっとしたのは明らかだ。思いがけず突き放されて、怒りの炎がメラメラと燃えあがる感じがした。

「よく俺にそんなことが言えるな」

「本当にもういやなんです」

「仕事がなくなってもいいのか。ここの家賃も払えなくなるぞ」

得意の脅し文句が飛び出す。

しかし、今夜の玲子は引きさがらない。口先だけではなく、本気で立ち向かうつもりらしい。

「もう、ここには来ないでください。奥さんとお子さんに悪いと思わないのですか？」

玲子の言葉で判明する。

どうやら、店長も既婚者で子供もいるらしい。それなのに、玲子を脅して無理やりセックスしていたのだ。

（どこまでも最低の男だな）

知れば知るほど怒りがこみあげる。

どうして、そもそもこんな男が店長になれたのか不思議だ。表の顔と裏の顔を、うまく使いわけているのかもしれない。仕事のときはまじめに働くが、プライベートでは鬼畜になるのではないか。

「いいからこっちに来い。俺のチ×ポをぶちこめば、どうせヒイヒイ喘ぎ出すに決まってるんだ」

「や、やめてくださいっ」

店長の怒りに満ちた声と玲子の抗う声が響きわたる。さらにはベッドの軋む音まで聞こえた。

(あの野郎、また……)

哲郎は思わず立ちあがり、壁に歩み寄った。

店長が玲子をベッドに押し倒したのだ。許しがたいが、店長は筋肉質でがっしりしている。哲郎はごく平均的な体型で腕力にも自信がない。自分などに店長の暴走をとめられるとは思えなかった。

「とっとと股を開くんだ」

「いやっ、本当にいやですっ」

玲子が激しく抵抗している。

これまでとは違う。本気で抗っているのがわかるから、哲郎はそわそわしている。このまま黙っていてもいいのだろうか。隣室で玲子が襲われている。今まさに犯されようとしているのだ。

「おとなしくしろっ、自分の立場をわからせてやる」

「奥さんが悲しみますよっ」

「うるさい、黙れっ」

玲子は抗いつづけているが、店長もあきらめない。意地でもセックスするつもりだ。

「ああっ、い、いやっ、だ、誰かっ」

助けを求めている。

その声が耳に届いているのに、無視するわけにはいかない。哲郎は居ても立ってもいられず部屋から飛び出した。

(俺が助けないと……)

その一心で203号室に駆け寄った。

呼び鈴を何度も押す。ところが玲子は出てこない。ドアごしにチャイムが鳴っているのは確かに聞こえる。しかし、先ほどまでの大声が嘘のように静まり返っていた。

店長が慌てて玲子の口を押さえたのかもしれない。どうやら息を潜めているようだ。玲子に対しては強気に出るが、ほかの人に知られるのはまずいと思ったのかもしれない。

（そういうことなら……）

向こうが焦っているとわかるから、哲郎は大胆になれる。

ドアノブに手をかけると躊躇せずにまわす。しかし、鍵がかかっておりドアは開かない。それならばと、今度はドアをノックした。

「すみません、隣の者ですけど」

声をかけるが返答はない。

さらにドアノブをガチャガチャまわしては、ノックを執拗にくり返す。玲子を助けるためだ。ふたりが室内にいるのはわかっているので、やめるつもりはなかった。

「202の土屋です。ちょっとよろしいですか」

ノックしながら大声で語りかける。

すでに深夜だが遠慮はしない。騒ぎになれば困るのは店長だ。被害者は玲子ひとりだけではない。大事になって芋づる式にほかの犯罪も表沙汰になれば、ただではすまないだろう。

「助けを求める声が聞こえたんですけど、大丈夫ですか。念のため警察を呼びましょうか？」

さらにノックを強める。

わざと「警察」という単語を出したことが効いたらしい。突然、ドアが勢いよく開け放たれた。

「警察には連絡しなくていい」

現れたのは店長だ。

見あげるほど大柄で迫力がある。哲郎は思わずあとずさりしそうになるが、なんとかその場に踏みとどまった。

「でも、女性の声が聞こえましたよ」

怯みそうになる心を奮い立たせて語りかける。

玲子をこの男から解放するには、簡単に引きさがっては駄目だ。危険な隣人がいると思わせなければならない。

「なんでもない」

「お隣さんは女性のはずでしたが、あなたはどなたですか？」

「おまえに関係ないだろ」

店長はそう言って、すぐにドアを閉めようとする。

とっさに体が動いた。哲郎は刑事ドラマでよく見るように、つま先をドアの隙間に滑りこませた。

「痛ッ！」

直後に大きな声をあげてしまう。

店長の力は思いのほか強くて、サンダルを履いた足に激痛が走った。こういうことは安全靴を履いてやると知っているが、玲子を助けたい一心で体が勝手に動いていた。

「お、おい、大声を出すなよ」

店長が焦ってドアを開ける。その瞬間、店長の横をすり抜けて、室内に入りこんだ。

「待てっ」

制止の声を無視して部屋に向かう。

足は痛いが、そんなことはどうでもいい。今は玲子が心配だ。かなり抵抗していたので暴力を振るわれた可能性もある。

「なっ……」

ひと目見た瞬間、思わず息を呑んだ。

かける言葉を失って立ちつくす。玲子はベッドの上で横になり、すすり泣きを漏らしていた。

ワンピースのボタンが弾け飛んでおり、胸もとを両手でかき合わせている。裾がたくしあげられて、白い太腿が剝き出しだ。しかも、白いパンティがずらされていた。店長が強引に服を脱がそうとしたに違いない。パンティをおろされ無理やりされる寸前だったのだ。それでも玲子はあきらめることなく、最後まで抵抗したのだろう。だからこそ、ボロボロになって泣いているのだ。

「なんですか、これ」

哲郎は振り返ると店長をにらみつけた。

「あなたがやったんですね」

「どこにそんな証拠があるんだ」

この期に及んでしらばくれるつもりらしい。目の前で玲子が泣いているにもかかわらず、店長は開き直って認めようとしなかった。

「どこかで見た顔ですね。あっ、思い出したぞ、スーパーの店長だっ」

哲郎はわざと大きな声で告げた。

本当はスーパーで見かけたわけではない。どこのスーパーで働いているのかも知らないが、店長なのは確かだ。自分の職場を把握されていると思えば、少しは怯むかもしれない。

「だ、だから、どうしたっていうんだ。俺は仕事の相談に乗っていただけだ」

店長はあからさまに動揺している。

自分の悪行が職場にバレることを恐れているのだろう。顔から血の気が引いていくのがわかった。

「このアパート、壁がすごく薄いんですよ。だから、声が筒抜けなんです」

「お、俺は、なにも……」

「クビをチラつかせて迫ってましたよね。俺の知る限り、今日で三回目です。これって犯罪ですよね。結婚してるそうじゃないですか。奥さんやお子さんが知ったら悲しむでしょうね」

「お、脅すつもりか……」

店長の声は情けなく震えている。すっかり余裕がなくなり、唇が白っぽくなっていた。

「玲子さんをクビにしないと約束してくれますか」

「や、約束する」

「時給もそのままですよ」

「わ、わかった……」

店長はすべて受け入れると、逃げるように帰ろうとする。哲郎はその背中に向かって声をかけた。

「ちょっと待ってください」

「まだ、なんかあるのか？」

振り返った店長の顔はひきつっている。自分が脅される立場になり、完全に怯えきっていた。

「二度とここに来ないでください。そのときは――」

「来るわけないだろ」

吐き捨てるように言うと、小走りで部屋から出ていった。

あの様子なら、少なくとも玲子には手を出そうとしないだろう。職場でも慎重に接するに違いなかった。

3

「あ、あの……勝手にあがって、すみませんでした」

哲郎は言葉を選んで語りかける。

店長が出ていって、玲子とふたりきりになっていた。

玲子は乱れていたワンピースの裾を直して、ベッドの上で横座りしている。顔をうつむかせているが、もう涙は流していなかった。

「助けを求める声が聞こえたので……」

話しかけても玲子は黙りこんでいる。

店長に襲われただけでもショックなのに、いきなり隣人が部屋に入ってきたのだから動揺するのは当然だ。なにしろ、哲郎とはほとんど言葉を交わしたことがない。そんな男に心を開けるはずがなかった。

「なんか、すみません……」

重い空気に耐えられない。のぞきをした負い目もあるので、どんどん気まずくなってしまう。

（そういえば……）

ふと思い出して、天井をチラリと見やる。

のぞき穴がどうなっているのか気になった。天井は思いのほかきれいで、板の木目がはっきりしている。哲郎の部屋のようにタバコのヤニも埃も付着していなかった。

これでは、のぞき穴が目立つのではないか。心配になって探すが、意外と見つからない。さんざん探して、ようやく黒い小さな点を発見した。

（あった……あれならバレないな）

心のなかでつぶやいて、胸をほっと撫でおろす。

できるだけ小さな穴を開けたのだが、それがうまくいったようだ。よほど注意して探さなければ、まずわからないだろう。

（よかった……）

安堵して視線を戻すと、玲子が顔をあげていた。

いきなり視線が重なってドキッとする。天井をチェックしていたのを見られただろうか。

「か、帰ります」

小声で告げて背中を向ける。

これ以上ここにいるとボロが出そうだ。のぞきのことがバレる前に逃げたほうがいいだろう。

「あの……」

背中に声が聞こえた。

まさか、のぞき穴のことがバレたのだろうか。

哲郎は立ちどまると、ゆっくり振り返る。すると、玲子が縋るような瞳を向けていた。

「お話、聞いていただけますか」

つらそうな顔をしている。

のぞき穴のことではないようだ。いろいろ抱えていることがあるのだろう。誰かに話すことで楽になるなら、お手伝いをしたかった。

「俺でよければ……」

「近くに来てください」

呼ばれるままに歩み寄る。すると、ベッドで横座りしている玲子は、自分の隣に座るようにうながした。

「ここに座ってください」

「し、失礼します」

遠慮するのも違う気がして、哲郎は緊張しながら腰をおろした。

「助けてくれて、ありがとうございます」

玲子が静かに切り出す。

礼を言われると胸が苦しくなる。玲子が店長に無理じいされたのは三回目だ。最初に助けていれば、玲子の心の傷はいくらか浅かったに違いない。

「もっと早くに助けていれば……すみません」

哲郎は深々と頭をさげた。

すべてを打ち明けるわけにはいかない。犯される玲子の声を聞いて興奮していたのだ。二回目はのぞき穴から一部始終を見届けた。しかも、ボクサーブリーフのなかに射精したのだ。

(俺は、最低だ……)

思い出すと自己嫌悪がこみあげる。

店長を怒る資格などない。玲子が襲われているのに助けなかったのだから、自分のほうが最低かもしれない。

「気づいていたのに躊躇してしまって……」

「お隣さんとはいえ、ほとんど話したことがなかったのですから当然です」

玲子はやさしく語りかけてくれる。

自分が玲子を慰めなければいけないのに逆になってしまった。哲郎はなんとか気持ちを立て直そうと、小さく深呼吸をした。

「聞こえてくる声で、なんとなく事情は……大変でしたね」

「あなたがいなかったら、今ごろまた……」

玲子はそこで言葉を呑みこんだ。

哲郎が助けに入らなければ、店長の毒牙にかかっていたのは間違いない。ペニスを突きこまれて、屈辱的な絶頂を味わわされていたはずだ。

「お名前を教えていただけますか」

そう言われて、はっとする。まだ互いに自己紹介をしていなかった。

哲郎は慌てて名乗る。二十歳の大学生ということも伝えた。玲子も自己紹介してくれる。名字が三谷(みつや)だとはじめて知った。

「哲郎くん、本当にありがとうございます」

あらためて礼を言ってくれる。

名前を呼ばれると照れくさくなり、顔が熱くなるのを感じた。こんなときだというのに想いが加速してしまう。距離が近くなった気がして、胸の鼓動が急激に速くなった。

「聞こえていたかもしれませんが……夫とは別居中なんです」

玲子がポツリポツリと語り出す。

三つ年上の夫は医者だという。昨年の夏ごろから急に帰宅時間が遅くなったので、おかしいと思ったらしい。

ちょうどそのころから夜の生活がごぶさたになっていた。いよいよ怪しいと思うのは当然のことだ。悩んだすえ、興信所に依頼すると、若い看護師と浮気をしていたことが発覚したという。

「でも、夫は開き直って謝ろうともしないんです。だから、別居を……」

玲子はそこまで話すと、目もとに滲んだ涙を指先で拭った。

専業主婦だった玲子がひとりで生きていくのは大変だ。家賃の安いアパートを探して、江戸川荘に入居した。そして、スーパーでパートをはじめたのだが、店長に気に入られてしまったらしい。

「面接で事情を話したんです。親身になって聞いてくれていると思ったんですけど……違いました。逆に……」

玲子は悔しそうに下唇をキュッと噛んだ。

最初は店長が親切な人に見えたという。それで事情を話したところ、つけこまれてしまったのだ。

「わたしがバカだったんです。あんな人を信じてしまったから……」

「玲子さんのせいではありませんよ。あの男は最初から騙すつもりだったんですから」

哲郎は落ちこむ玲子をなんとか励まそうを言葉をかける。

実際、店長は何人もの女性を騙しているようだ。何度もくり返すことで手口が巧妙化していたのだろう。頼るものがなかった玲子が、罠にはまるのも仕方のないことだった。

「最初のときも、夜道が危ないから送るって言われて……」

その日のことは、よく覚えている。

壁ごしに玲子が襲われる声を聞いていた。抗いながらも徐々に快楽に流されていく様子が、伝わってきた。

「俺、いたんです。あのとき……」

黙っているのが心苦しくて、正直に告白した。

「声……聞こえていたのですね」

玲子の頬はほんのり赤く染まっている。

店長とセックスしているときの声を聞かれたと悟ったのだろう。激烈な羞恥がこみあげているに違いない。

「わたし、どうしてあんなことに……おかしいと思いますよね」

「そ、そんなことは……」

そこまで言って黙りこんだ。

どんな言葉をかければいいのかわからない。玲子が犯されながらも感じていたのは事実だ。それは本人がいちばんよくわかっているだろう。

「夫が抱いてくれなかったから……」

玲子がつぶやいて視線を落とす。

夫は浮気相手に夢中で見向きもしなかったという。つまり、セックスレスだったから、いやな相手でも感じてしまったと言いたいらしい。

玲子は無言になり、涙をポロリとこぼした。

心では抗っていても身体は感じてしまう。哲郎にはよくわからないが、女性というのは、そういうものなのかもしれない。成熟した女性なら、きっとなおさらなのだろうか。経験の浅い哲郎には、まだまだわからないことだらけだった。

「わたし……どうしたらいいのか」

「お、俺にできることがあったら、なんでも言ってください」

元気づけたい一心だったが、自分の言葉が滑稽に思えた。

「俺なんか頼りにならないですよね……」

自嘲的につぶやいて視線を落とす。

まだ学生の自分にできることなどなにもない。手助けしたい気持ちは、もちろんある。だが、現実問題としてむずかしいのもわかっていた。経済的にも精神的にも、彼女を支えられるはずがなかった。

「お願いしても、いいですか？」

玲子がぽつりとつぶやいた。

慌てて視線を向けると、玲子は潤んだ瞳で見つめている。なにかを訴えかけるような顔になっていた。

「哲郎くんにしか、お願いできないことなんです」

「は、はいっ、なんでもやります」

思わずかぶせ気味に返事をする。

頼りにされることが、なによりうれしい。玲子のためなら、どんなことでもやれる気がした。

4

「抱いてもらえませんか」

玲子はそう言って顔を赤らめる。

聞き間違いだと思った。いくらなんでも、そんなことを頼むはずがない。きっと自分の願望が聞こえてしまっただけだ。

ところが、玲子はワンピースを脱ぎはじめる。哲郎が驚いている間に、白いブラジャーとパンティだけになった。清らかな純白の下着が、女体をますます美しく彩っている。

「な、なにを……」

哲郎はようやく言葉を絞り出した。

なにが起きているのか理解できない。先ほどの言葉は、聞き間違いではなかったのだろうか。

「早く忘れたいんです」

玲子は潤んだ瞳でつぶやく。

店長に抱かれた記憶を消したいらしい。ほかの男に抱かれることで、記憶を上書きしようと思ったのだろうか。

「でも、玲子さんはご結婚を……」

「夫とは、もう終わっていますから。今は離婚協議中なんです」

玲子は両手を背中にまわすと、ブラジャーのホックをはずした。

カップを押しのけて、双つの乳房がまろび出る。ボリューム満点のたっぷりしたふくらみだ。杏奈の乳房よりもかなり大きい。乳首の紅色が卑猥で、思わず喉をゴクリと鳴らした。

（こんなに大きいんだ……）

近くで見ると迫力が違う。

圧倒的な存在感で、身体の動きに合わせてタプタプと揺れている。柔肌には染みひとつない。陶器のようになめらかで、眩く光り輝いていた。

さらに玲子は体育座りになり、パンティをおろしていく。恥丘にそよぐ陰毛は薄めで、白い地肌と縦に走る溝が透けている。のぞき穴から見たときは遠かったが、今は手を伸ばせば触れられる場所にあるのだ。

「恥ずかしいけど……見てください」

玲子は体育座りの姿勢から、立てた膝をゆっくり左右に開きはじめる。下肢がM字開脚の状態になり、秘められた部分が徐々に露になった。

（おおっ……）

哲郎は腹のなかで唸りながら、思わず前のめりになって凝視する。

女陰は赤々として燃えるようだ。のぞき穴からはわからなかった襞の細かい皺まで、はっきり確認できた。

（これが、玲子さんの……）

哲郎の目は釘付けになっている。

すべてを知っているつもりになっていたが、こうして近くで見ると感動することばかりだ。

「ほ、本当に俺でいいんですか？」

すでにペニスはいきり勃っている。先端から我慢汁が溢れて、ボクサーブリーフの裏地を濡らしていた。

「哲郎くんがいいの……」

玲子は女陰を晒したままつぶやく。哲郎の視線を感じたせいか、割れ目からは透明な汁が滲んでいた。

「ど、どうして、俺なんですか?」

「わたしを助けてくれたでしょう。もう一度、助けてください。悪い男に抱かれた身体を清めてほしいの」

懇願されると断れない。

しかし、セックスの経験は一度しかないのだ。そんな自分に玲子を満足させられるはずがなかった。

数日前まで童貞だったと打ち明けるべきだろうか。だが、経験不足なことを知られるのは恥ずかしい。男として格好つけたい気持ちもある。わざわざ言う必要はない気がした。

そのとき、ふと思い出す。

杏奈に筆おろしをしてもらったとき、のぞき穴から視線を感じた。あの夜、玲子に見られていたのだ。

(そうか……そうだったよな)

肩から力がすっと抜けた。

すっかり忘れていたが、玲子は哲郎が童貞を捨てる瞬間を目撃しているはずだ。経験が少ないことをわかったうえで、抱いてほしいと懇願しているのだ。今さら格好つけても滑稽なだけだった。

だが、玲子はのぞきがバレていることを知らない。だから、哲郎は気づいていない演技をしなければならなかった。

「じつは俺、まだ一度しか経験がないんです」

隠す意味はないので正直に打ち明ける。

玲子にとってはわかりきっていることだ。それでも、言葉にするのは恥ずかしかった。

「そうなんですか……意外です」

玲子は驚いた顔をしてつぶやいた。

本当は知っているのに演技をしている。そして、一拍置くと、柔らかい笑みを浮かべてうなずいた。

「わたしがふたり目でもいいですか?」

「も、もちろんです」

哲郎は即答する。演技ではなく、心からうれしい気持ちがこみあげた。

これでようやく玲子とセックスできる。急いで服を脱ぎ捨てて裸になり、勃起したペニスを剝き出しにした。

「なにか、してほしいことはありますか？」

玲子がやさしく尋ねる。

そう言われて、店長が強要したフェラチオが脳裏に浮かんだ。一度、経験したいと思っていたのだ。

「く、口で……してもらってもいいですか？」

逡巡したすえに答える。

フェラチオなどを要求して、いやがられないだろうか。店長のときは逆らえなかっただけで、本当は大嫌いかもしれない。ところが、玲子はすぐに微笑を浮かべてくれた。

「いいですよ」

「で、では、お願いします」

一気にテンションがあがり、さっそくベッドの前に立った。

ところが、玲子は不思議そうに首をかしげている。それを見て、大きな過ちを犯したことに気がついた。

店長が仁王立ちでフェラチオさせていた印象が強く残っていたため、ついそれを真似てしまった。だが、男が仰向けになるのが普通ではないか。経験がないのでわからないが、少なくともこの体勢は違う気がした。

(や、やばい……)

額に冷や汗が滲んだ。

店長と同じ仁王立ちフェラを要求したのだ。のぞいていたことがバレるのではないか。焦りがこみあげるが、今さら体勢を変えるのも不自然だ。仕方なく勃起したペニスを見せつけながら裸で立ちつづけた。

「その格好が好きなんですね」

「こ、こういうのをAVで見たんです」

「そうなんですか」

苦しい言いわけを信じてくれたらしい。

玲子はベッドからおりると、目の前でひざまずく。そして、両手をペニスの根もとに添えて、顔をゆっくり近づけた。

「大きいですね……ンっ」

柔らかい唇が亀頭の先端に触れる。

それだけで快感がひろがり、腰がビクッと揺れてしまう。我慢汁が付着するのも気にせず、チュッ、チュッ、と何度もキスしてくれる。そのたびに甘い刺激が湧き起こった。

さらに玲子はピンク色の舌を伸ばすと、ペニスの裏側を舐めあげる。舌先が触れるか触れないかの絶妙なタッチだ。根もとから先端に向かって、裏スジを焦らすようにくすぐった。

(れ、玲子さんが、俺のチ×ポを……)

はじめての快感に腰をよじる。

己の股間を見おろせば、玲子がペニスに舌を這わせているのだ。視覚からも刺激を受けて、快感が二倍にも三倍にもふくれあがる。

「ああっ、哲郎くんの大きいです」

玲子は何度もペニスを舐めあげて、唾液をたっぷり塗りつける。

時間をかけた丁寧な愛撫だ。竿を唾液まみれにすると、張り出したカリの裏側にも舌先を潜りこませて舐めまわす。

「ううッ、す、すごいです」

想像していた以上の快楽がひろがっている。

しかも、店長に施していた愛撫よりもずっと丁寧だ。気持ちがこもっている感じがするから、なおさらペニスが硬くなる。先走り液がとまらなくなり、竿をトロトロと流れ落ちていく。

「お汁がいっぱい出てますね」

玲子はいやがるそぶりも見せずに、先走り液ごと竿を舐めあげる。

決して慌てることなく、ゆったりした動きだ。さらには股間に潜りこむようにして、陰嚢にも舌を這わせはじめた。

「ううッ、そ、そんなところまで……」

思いがけない刺激に、たまらず呻き声が溢れ出す。

陰嚢の皺に唾液を塗りこまれて、ヌルヌル滑るのが気持ちいい。ペニスがますます反り返り、新たな我慢汁が噴き出した。

「ああっ、こんなに硬くなって……」

玲子は喘ぐようにささやくと、ついに亀頭をぱっくりと咥えこんだ。

「くううッ」

その瞬間、体がビクッと激しく反応した。

熱い口腔粘膜がペニスの先端を包んで、これまでとは次元の異なる快感が突き抜ける。

股間に視線を向ければ、玲子の口のなかにペニスが入っているのだ。興奮と感動がこみあげるが、感慨に耽っている余裕はない。柔らかい唇でカリ首を締めつけられて、舌が亀頭の表面を這いまわる。蕩けるような愉悦がひろがり、膝がガクガクと震えはじめた。

「き、気持ちいいっ、ううウッ、気持ちいいですっ」

黙っていられずに訴える。すると、玲子は上目遣いに哲郎の顔を見ながら、首をゆったり振りはじめた。

「うううウッ、や、やばいですっ」

唇で竿をヌルヌルと擦られて、凄まじい快感がひろがる。

これまで経験したことのない蕩けるような愉悦だ。我慢汁がどんどん溢れてしまうが、玲子は首を振りながら飲みくだす。そればかりか、猛烈に吸引して我慢汁の分泌をうながした。

「くうううッ、そ、そんなに吸われたら……」

慌てて尻の筋肉に力をこめて、暴走しそうな快感を抑えこんだ。

早くも射精欲がこみあげている。これをつづけられたら、あっという間に達してしまう。懸命に耐えようとするが、それを凌駕する勢いで玲子が首をリズミカルに振りまくる。

「あふっ……はむっ……あふンっ」

鼻にかかった声も色っぽくて、哲郎はなす術もなく追いつめられる。

なにしろ、はじめてのフェラチオだ。しかも、相手は憧れている人妻だ。哲郎がどんなにがんばったところで、ペニスがドロドロに蕩けるような快楽に耐えられるはずがない。

「このまま出していいですよ」

玲子が肉棒を咥えたまま、くぐもった声で告げる。そして、さらに勢いよく首を振りはじめた。

「も、もうっ、ううウッ、もうダメですっ」

なにを言ってもフェラチオは加速する一方だ。

これ以上は耐えられない。もはや立っているのもやっとなほど膝がガクガク震えている。どこに力を入れても、絶頂の大波を抑えられない。腹の底から快感がこみあげて、ついに限界を突破した。

「で、出ちゃいますっ、ううウッ、くうううううッ！」

呻き声とともに快感が爆発する。精液が凄まじい勢いで尿道を駆け抜け、ドクドクと噴き出した。

「あむううッ」

玲子がペニスを思いきり吸いあげる。

射精と同時に吸茎されることで、精液の流れが加速した。尿道のなかまで刺激されて、全身が激しく痙攣する。驚くほど大量の精液を吸い出されて、頭のなかがまっ白になった。

「ンンンっ……」

玲子が口内に注がれるそばから精液を飲んでくれる。

射精の脈動が収まっても、ペニスを根もとまで咥えて離そうとしない。頬をぼっこり窪ませて、尿道のなかに残っている精液まで吸い出してくれた。

（す、すごい……これがフェラチオ……）

哲郎は前屈みになり、いつしか両手で玲子の頭を抱えている。

射精後もペニスを吸われることで、絶頂の快感が延々とつづく。なにも考えられなくなり、気づくと唇の端から涎が垂れていた。

5

全身が溶けるかと思うほどの快感だった。

哲郎はベッドの上で横になっている。はじめてのフェラチオで骨抜きにされて、なにも考えられなくなっていた。

「いっぱい出ましたね」

玲子が耳もとでささやく。添い寝をした状態で、右手を股間に伸ばしてペニスをつかんだ。

「うっ……」

射精直後で敏感になっているペニスをゆったりしごかれる。

あれほど大量に射精したというのに、ほんの少し擦られただけで、半萎えだった肉棒が元気を取り戻す。竿は血管を浮きあがらせて太く漲り、亀頭は新鮮なミニトマトのように張りつめた。

「もう、こんなに……若いってすごいですね」

玲子が驚いたようにつぶやく。

その声には悦びの響きが見え隠れしている。ゆるゆるとしごいて、さらに硬く反り返らせた。

「欲しいです……」

玲子はそう言うと隣で仰向けになる。

顔を向ければ、潤んだ瞳でこちらを見つめていた。ペニスを挿入してほしいと願っている。セックスをしたがっているのだ。

(俺のチ×ポを、玲子さんに……)

挿入することを考えると興奮がこみあげる。

脳裏に浮かんでいるのは、店長に組み伏せられた玲子の姿だ。インターネットやAVでさんざん見たはずなのに、のぞき穴から目撃した光景はあまりにも淫らで衝撃的だった。

(あれと同じことを、俺が……)

想像しただけでペニスがピクッと撥ねる。

店長がやったのと同じ体位で、玲子をより感じさせたい。それができれば、玲子が自分のものになった実感が増すのではないか。この交わりが一時のものだとわかっているが、そんな夢のようなことを考えてしまう。

（玲子さんはあいつのことを忘れたいだけなんだ……）

頭では理解している。

それでも、万が一の可能性にかけたかった。

早く挿入したくて体を起こす。隣で横たわっている玲子に覆いかぶさると、脚の間に腰を割りこませた。

股間に視線を向ければ、うっすらとした陰毛がそよぐ恥丘が見える。その下には赤々とした陰唇が息づいていた。ペニスをしゃぶったことで興奮したのか、大量の愛蜜にまみれてグショグショだ。

「哲郎くん……来て」

玲子が甘い声でささやく。

哲郎はこれが二度目のセックスだ。しかも、最初は騎乗位だったので、哲郎は完全に受け身だった。うまくできるか自信はないが、とにかくペニスの先端を割れ目に押し当てた。

「い、行きますよ……」

腰を突き出して挿入を試みる。

ところが、亀頭は膣に入ることなく、割れ目の表面を滑ってしまう。もう一度チャレンジするが、結果は同じだ。今ひとつ膣口の位置がわからず、どうしても挿入できない。

（どうして入らないんだ……）

亀頭で割れ目を小突きまわすが、それらしい場所は見つからない。焦っていると、太幹をそっとつかまれた。

「大丈夫ですよ」

玲子は落ち着かせるようにやさしく言うと、亀頭を導いてくれる。思っていたよりも低い位置に、ヌプッと沈みこむ場所があった。

「あンっ……ここです」

「は、はい……」

女性に教えられるとは情けないが、はじめての正常位なので仕方がない。腰を慎重に押し出すと、亀頭が媚肉をかきわけながら入りこんだ。

「ううッ」

「そ、そうです、ゆっくり……あぁッ」

玲子が誘導してくれるから、安心して挿入できる。根もとまでズンッと押しこむと、ひとつになった悦びがこみあげた。

(や、やった……玲子さんとセックスしてるんだ)

快感と感動を嚙みしめる。

杏奈の膣より熱く感じるのは、玲子が経験を積んでいるせいだろうか。

女壺が男根を歓迎するように蠢いている。膣襞がうねっており、亀頭と竿を撫でまわしていた。

(い、挿れただけなのに……)

動く前から快感がこみあげて、膣のなかで我慢汁が溢れてしまう。

股間に視線を向ければ、ペニスは完全に埋没して見えなくなっていた。互いの陰毛がからみ合っているのが淫らで、ますます気分が高揚する。欲望に突き動かされて腰を振りはじめた。

「ううウッ、き、気持ちいいっ」

ほんの少しペニスを出し入れしただけで、蕩けるような快感がひろがる。

これでは店長より感じさせるなど夢のまた夢、めくるめく愉悦に耐えるだけで精いっぱいだ。

先ほどフェラチオで射精していなかったら、早くも暴発の危機を迎えていたかもしれない。それほどの刺激が押し寄せるなか、なんとか射精欲を抑えこんで腰を振る。

「あッ……あッ……」

玲子の唇から切れぎれの喘ぎ声が溢れている。眉をせつなげな八の字に歪めて、哲郎の腰振りに合わせて股間をしゃくりあげていた。

拙いピストンでも感じているらしい。

ペニスを突きこむたびに、大きな乳房がタプタプ波打つ。乳首は興奮度合いを示すように硬くとがり勃っている。思わず両手を伸ばして揉みあげて、乳首を指先で摘まみあげた。

「ああぁッ、そ、そこは……」

とたんに女体がビクッと反応する。膣の締まりも強くなり、ペニスが思いきり絞りあげられた。

「くううッ、れ、玲子さんのなか……き、気持ちいいです」

黙っていると快楽に流されてしまいそうだ。射精欲をごまかしたくて、腰を振りながら語りかけた。

「ああッ、わ、わたしも……哲郎くんの大きいから」

玲子がうれしいことを言ってくれる。

その言葉で興奮が高まり、ついつい動きが速くなってしまう。熱い女壺のなかをペニスでかきまわせば、瞬く間に快感がふくらんだ。

「ううぅッ、こ、こんなの……すぐにイッちゃいますっ」

哲郎は顔を歪めながら訴える。

正常位なのだから、自分で腰の振りかたを調整できるはずだ。長持ちさせたければ、いったん休憩すればいい。それなのに、どうしても腰が動いてしまう。快楽に流されて、腰振りの速度を落とすこともできない。

「き、気持ちいいっ、ううぅッ」

「ああッ、い、いいっ、わたしもいいのっ」

玲子の喘ぎ声も高まっている。

愛蜜の量も増えており、結合部分はお漏らしをしたような状態だ。自分のペニスで感じさせていると思うと、なおさらピストンが加速する。膣のなかがさらに熱くなり、哲郎の体温もあがっていく。

「くううッ、あ、熱いっ」

「ま、待って、あああッ、は、激しいっ」

玲子が両手を伸ばして、哲郎の腰に添える。

口では待ってと言いながら、ペニスの出し入れに合わせて股間をクイクイしゃくりつづける。

そうすることで、亀頭が膣のより深い場所まで到達するのだ。女壺のうねりが大きくなり、太幹を強く締めつけた。

「す、すごいっ、うううッ」

「あああッ、い、いいっ、哲郎くんっ」

「ぬおおおッ、も、もうっ、もうダメですっ」

快感が快感を呼んで、腰の動きをセーブできない。欲望のままに勢いよくペニスをたたきこんだ。

「はあああッ、お、奥に当たるっ、あああああッ」

「おおおおッ、で、出るっ、出ますっ」

「出してっ、いっぱい出してっ」

玲子の声が引き金となり、ついに射精欲が爆発する。ペニスを根もとまで埋めこんで、こらえにこらえてきた欲望を解放した。

「おおおおッ、ぬおおおおおおおッ！」

太幹が脈動して、白いマグマが勢いよく噴きあがる。

女壺の深い場所に、熱い精液を注ぎこむ。フェラチオで一度達しているにもかかわらず、驚くほど大量に放出する。頭のなかがまっ白になり、全身が痙攣するほどの快感が突き抜けた。

「はあああッ、い、いいっ、わたしも、あぁあああああッ！」

玲子もよがり泣きを響かせる。熱い精液を膣の最深部に浴びた瞬間、女体が大きく仰け反った。

あられもない嬌声をあげて、玲子が昇りつめていく。ペニスを思いきり締めつけながら、腰をブルブル震わせる。いつしか両脚が哲郎の腰に巻きついて、挿入を深めるように強く引き寄せていた。

（ああっ、玲子さん……）

身体を重ねたことで、ますます想いが強くなる。

しかし、玲子は店長の痕跡を消したくて、哲郎に抱かれただけだ。要は無害な男だと思われたのだろう。恋愛感情などあるはずがなかった。

それでも、最高のセックスだった。

店長より感じさせることができたかどうかはわからない。だが、玲子も思いのほか喘いでくれたのがうれしかった。

（でも、これで終わりなんだよな……）

最初で最後の交わりだ。

考えると淋しくなるが仕方ない。明日から最高の思い出を胸に、前を向いて歩いていくつもりだ。

第四章　償いは身体で

1

玲子と関係を持って五日が経っていた。

夢のような体験だった。玲子を助けたくて隣室に向かったが、まさかセックスできるとは思いもしなかった。

あれから玲子とはなにもない。

外廊下で顔を合わせても、軽く挨拶を交わすだけだ。せめて雑談でもしようと思うが、気まずくて話がつづかなかった。

わかっていたことだが、ふたりの関係が発展することはない。以前と同じ、ただの隣人同士に戻ってしまった。

玲子側には最初から恋愛感情がなかったのだから当然だ。ましてや、別居中とはいえ人妻なのだ。期待してはいけないとわかっている。わかってはいるが、もう一度セックスしたいと思ってしまう。あの蕩けるような快楽を忘れられるはずがなかった。

だから、哲郎は今夜も屋根裏にあがる。

のぞき穴から玲子の姿を眺めて、猛るペニスを慰めるのだ。一時は封印しようと心に決めたが、玲子と身体の関係を持ったことで我慢できなくなった。今ではのぞきがすっかり癖になっていた。

だが、のぞいているのは哲郎だけではない。

ときどき自室の天井に開けられたのぞき穴から視線を感じる。玲子に見られていると思うと、胸の鼓動が高鳴ってしまう。

視線を感じたときに、思いきって天井を見あげたらどうなるだろうか。玲子はのぞきがバレたことに気づいて、謝罪をするのではないか。その結果、再びふたりの距離が近づくことにならないだろうか。

そんなことを考えるが、自分から動くわけにはいかない。

これまで哲郎はのぞかれていることに気づかないフリをしてきた。急に気づくと不自然に思われそうだ。いろいろ疑われて、玲子の部屋の天井に開けたのぞき穴がバレるかもしれない。そんなことになったら、距離が縮まるどころか嫌われるに決まっている。やはり下手なことはできなかった。

しかし、視線を感じながら自然に振る舞うのはむずかしい。

テレビを眺めたり、ご飯を食べたり、スマホをいじったり、とにかく普通のことを普通にするように心がけた。

その一方で格好悪いところは見せたくないと思う。ひとりのときは誰でも気を抜くものだが、視線を感じている間はリラックスできない。間違ってもオナラをしたり、鼻をほじったりしないように気をつけた。

あと屋根裏で鉢合わせしないように細心の注意を払っている。

玲子がのぞくのは、パートが早く終わった夕方が多いようだ。だが、絶対ではないので、常に神経を張りめぐらせている。哲郎が屋根裏にあがるのは、アルバイトを終えて帰宅した午後十時すぎと決めていた。

今夜もスウェットの上下に着がえると、頃合いを見計らって押し入れの点検口から屋根裏にあがった。

懐中電灯を片手に仕切り板をはずすと、２０３号室の天井へ這って進む。のぞき穴の近くでは、光に気づかれないように必ず懐中電灯を消す。そして、いよいよ右目をのぞき穴にそっと寄せた。

（ああっ、玲子さん……）

思わず心のなかで呼びかける。

玲子はちょうどベッドで横になったところらしい。いつも寝るときは豆球をつけたままなので、部屋のなかがオレンジがかった光で照らされる。おかげで夜でも見ることができるのだ。今夜の玲子はパジャマ代わりのTシャツにショートパンツを穿いていた。

ベッドで横になったからといって、すぐに寝るわけではない。

じつはオナニーをするのが日課なのだ。成熟した身体を持てあましているのかもしれない。それなのに夫とはセックスレスだったというから、よほど欲求不満だったのだろう。

だから、店長に襲われたとき、心では抗っていても身体は快楽に流されてしまったのではないか。哲郎の拙いピストンでも感じていたのは、よほど刺激を欲していた証拠だ。

（俺のチ×ポがよかったわけじゃないんだ……）

身体が常に疼いているから、誰のペニスでも感じるのだろうか。そう思うと淋しいが、最高のセックスだったことに変わりはなかった。

先日の一件以来、店長は玲子の部屋に来ていない。己を省みたのか、それとも隣室の哲郎に関わりたくないと思ったのか。いずれにせよ、玲子はろくでもない男の手から解放された。

セックスを見ることができなくなったのは残念だが、玲子のオナニーという新たな楽しみができた。

「ンっ……」

玲子の唇から小さな声が漏れる。

仰向けになって毛布をかけているので身体は見えない。だが、なにやらモゾモゾ動いているのはわかった。

(はじまるぞ……)

哲郎はのぞき穴からじっと見つめる。

すると、玲子は毛布をはね除けて、隠れていた身体を露にした。

すでにTシャツが首の下までまくれあがり、双つの大きな乳房が剝き出しになっている。ショートパンツはすでに穿いておらず、右の足首に白いパンティが引っかかっていた。

　まさにオナニーの最中だ。

　両膝を立てた状態で、内腿をぴったり閉じている。右の手のひらを恥丘にかぶせて、中指を内腿の間に這わせていた。左手は剝き出しになった乳房に重ねている。指先を柔肉にめりこませて、ゆったり揉んでいた。

「はンンっ」

　ため息にも似た声が溢れる。

　のぞき穴から細部までは見えないが、右手の中指が割れ目に触れているのは間違いない。指の腹で何度も撫であげては、恥裂に滲んでいる愛蜜を二枚の陰唇に塗り伸ばす。

　そうすることで、豆球の明かりを受けた割れ目がヌラヌラと濡れ光る。腰を左右に揺らして、感じているのは明らかだ。

「ンンっ……」

　ときおり漏れる鼻にかかった声も色っぽい。

　乳房を揉んでいる左手で、乳首をそっと摘まむ。とたんに女体が小刻みにブルルッと震えた。

「ああっ」

喘ぎ声が漏れて、慌てて下唇を噛みしめる。

壁が薄いので、哲郎に聞かれるのを警戒しているに違いない。だが、哲郎は隣室ではなく屋根裏にいるのだ。まさか自分の真上から見ているとは、夢にも思っていないだろう。

玲子は右手の中指をゆっくり動かしている。

割れ目を撫であげて陰唇全体を潤すと、今度はクリトリスを集中的に転がしはじめた。

「あっ……あっ……」

玲子の唇から漏れるのは抑えた喘ぎ声だ。

身体が疼いて仕方がないのだろう。オナニーはやめられないが、声を聞かれたくないと思っているようだ。

(俺のことを意識してるんだ……)

そう考えると、ペニスが瞬く間に硬くなった。

どんな形でもいいから、玲子の頭のなかに自分がいると思うと興奮する。たまらずスウェットパンツの上からペニスをにぎりしめた。

「ああっ……」

玲子の両膝が徐々に左右に開いていく。

だいぶ気分が乗ってきたらしい。膝を大きく開いて、右手の中指を膣口に埋めこんだ。

「い、いいっ」

こらえきれないといった感じの声が溢れ出す。

それと同時に股間をグイッとしゃくって、尻がシーツから浮きあがった。秘めたる部分が、のぞき穴からも確認できる。赤々とした陰唇の狭間に中指が埋まっており、大量の華蜜が周囲を濡らしていた。

（す、すごい……もうグショグショじゃないか）

哲郎は夢中になってオナニーを見つめている。

スウェットパンツごしにペニスを擦り、呼吸をハアハアと乱していた。ともすると呻き声が漏れそうなって、慌てて奥歯を食いしばる。

見つかる危険を冒しながらも、のぞきをやめるつもりはまったくない。玲子のオナニーを見ながら、自分もペニスをゆったりしごく。このスリルが快感を倍増させる。いつしか破滅すれすれの危険な行為に取り憑かれていた。

「あううッ、い、いいっ」

玲子は下唇を嚙みながら、膣に埋めこんだ指を出し入れする。

絶頂への階段を昇っているのは、震える女体を見れば明らかだ。左手では乳首を転がして、中指をズボズボとピストンする。

「はううッ、ゆ、許して、許してくださいっ」

なにを想像しながら自慰行為に耽っているのだろうか。

玲子は許しを乞いながらも、快楽に溺れていく。もしかしたら、店長に犯されたことを思い出しているのかもしれない。

(クソッ、どうしてあいつなんだっ)

哲郎は勝手に想像して嫉妬を覚える。

だが、同時に興奮が倍増しているのも事実だ。店長に犯されて喘ぐ玲子の姿が脳裏によみがえり、先走り液がどっと溢れた。

「も、もうダメですっ、はうううッ」

玲子の喘ぎ声が切羽つまる。

絶頂が近づいているのは間違いない。哲郎もタイミングを合わせて、ペニスをしごくスピードをアップした。

「あああッ、も、もうっ、あうううううッ！」

玲子の顔が快楽にゆがみ、くぐもった喘ぎ声がぴったり閉じた唇の隙間から溢れ出す。

中指を根もとまで挿入して、股間を突きあげた状態で硬直する。しばらく固まっていたかと思うと、全身がガクガクと痙攣した。アクメに達したのは間違いなかった。

（お、俺もっ、くうううッ！）

哲郎もスウェットパンツごしにペニスを握り、押し寄せる射精欲の大波に身をまかせた。

太幹が激しく脈動して、精液をドクドクと放出する。快楽の呻き声がもれそうになるのを懸命にこらえた。

ボクサーブリーフのなかには、あらかじめティッシュペーパーを大量にしこんである。あとで処理をするのが大変なので、思いついた作戦だ。たっぷり射精して、大きく息を吐き出した。

玲子もすっきりしたらしい。しばらく呆けていたが、やがて身なりを整えて毛布を身体にかけた。

（寝ちゃったな……）

このまま朝まで起きることはないだろう。

ひと晩中、屋根裏で過ごしたことがあるので知っている。我ながら執着していると思うが、玲子のことをすべて知りたくて観察していたのだ。

(俺も寝るか)

音を立てないように気をつけて、自室の天井裏へと移動する。仕切り板を直すと、点検口から部屋に戻った。

2

ベッドに腰かけて、ボクサーブリーフのなかにしこんだティッシュペーパーを処理する。

大量に射精してすっきりしたが、まったく眠くない。オナニーしたことで逆に目が冴えてしまった。

(そうだ……)

ふと思いついて、ハンドドリルを手にすると再び屋根裏にあがる。

玲子の部屋ではなく、201号室との境目まで這っていく。最近、男性が入居したのだ。見知らぬ男のプライベートにはまったく興味がないが、退屈しのぎにはなるだろう。

だが、仕切り板を見て思い出す。これを細工して開かなければ、隣室の屋根裏に入れないのだ。駄目もとで探ってみる。すると、すでに細工が施してあり、板の一部がはずれるようになっていた。

(どうして、こっちまで……)

思わず首をかしげる。

まっさきに玲子の顔が思い浮かんだ。

ついこの間まで、201号室は空室だった。それなのに、どうして玲子は細工したのだろうか。それとも、空室とは知らずにのぞこうと思ったのだろうか。そうだとしたら、すでにのぞき穴があるはずだ。

(よし、行ってみるか)

今なら玲子は寝ているので、あがってくることはないだろう。

思いきって201号室の屋根裏に移動する。のぞき穴を探そうと思ったが、懐中電灯をつけると部屋の住人に気づかれる可能性があった。

探すのは断念して、ハンドドリルで新たな穴を開ける。

天井の中央あたりだ。音を立てないように、細心の注意を払ってドリルをまわした。

(よし……)

二度目なので要領はわかっている。思いのほか簡単に、のぞき穴を開けることに成功した。

さっそく右目を近づける。

ところが、部屋のなかはまっ暗だ。寝ているのか、それとも留守なのか。目を凝らすが、なにも見えなかった。

(つまらないな……)

仕方なく自室に戻ろうとする。

そのとき、光が見えた。おそらく懐中電灯の光だ。玄関のほうから床を照らしている。

(なんだ?)

不思議に思って視線を戻した。

光はゆっくり動いて、床の上を這いまわる。そして、壁ぎわに置いてある本棚やデスク、カラーボックス、さらにベッドの上へと移動した。まるで室内を探索するような照らし方だ。

（なんか、おかしいな……）

いやな予感がこみあげる。

自分の部屋なら、たとえ停電になったとしても家具の配置はだいたいわかっているはずだ。こんなふうに、部屋のなかを隅から隅まで舐めるように照らすことはしないだろう。

しかも奇妙なことに、物音ひとつしない。玄関から入ってきたはずだが、解錠する音も、ドアを開閉する音も聞こえなかった。つまり、いっさい音を立てないように注意していた証拠だ。

（まさか……）

額に汗がじんわり滲んだ。

泥棒ではないか。懐中電灯で照らしているのは、この部屋の住人ではない気がした。光がゆっくり進んでいる。懐中電灯を持っている者が、玄関から室内に入ってきたのだ。

顔を確認できるかもしれない。

だが、よくよく考えたら、この部屋に越してきた人の顔をはっきり覚えていなかった。一度、外廊下で見かけたが、自分と同年代の男ということしか記憶にない。泥棒かどうか判別できる自信がなかった。

やがて何者かが室内に入ってきた。

懐中電灯の光が壁に反射することで、姿がぼんやりと見える。上下とも黒い服に身を包んでおり、黒いキャップをかぶっているのがいかにも怪しい。腰を少し落として、前屈みになっているのは警戒心の表れだろうか。

(どう見ても泥棒だろ……)

哲郎は心のなかでつぶやき、さらに観察をつづける。

怪しい人物はデスクに近づくと、懐中電灯で照らしながら引き出しを開いては閉めることをくり返す。さらには本棚やカラーボックスに歩み寄り、じっくり照らしている。

物色しているようにしか見えない。

警察に通報するべきだろうか。しかし、万が一、泥棒ではなく部屋の住人だったら大変なことになる。確信できなければ通報できない。

(いや、待てよ……)

そのとき重大なことに気がついた。

通報したら、のぞきがバレてしまう。自分まで捕まるわけにはいかない。怪しいやつが目の前にいるのに、見ていることしかできないのだ。

もどかしい思いに駆られたとき、ふいに泥棒がキャップを取った。誰もいないので気を抜いたのだろうか。すると長い黒髪がふわっとひろがり、肩に柔らかく垂れかかった。

(お、女じゃないか)

思わず目を見開き、喉もとまで出かかった声を呑みこんだ。

顔まではっきり確認できないが、よく見ると黒い服につつまれた身体は華奢で女性っぽい。男だと思いこんでいたため、今まで気がつかなかった。この部屋の住人は男なので、やはり泥棒で間違いないと確信する。

だが、通報はできない。犯罪を目撃したというのに、見て見ぬフリをするしかないのだろうか。

(俺も似たようなものか……)

ふいに苦笑が漏れる。

なにを正義漢ぶっているのだろうか。自分も同類だ。物は盗まなくても、人に言えないことをしている。それなのに通報することを考えた自分が、ひどく恥ずかしくて滑稽に思えた。

(でも、この人、どうして泥棒なんて……)

ぱっと見はまだ若い感じがする。

女性ひとりで盗みに入るのは、かなり危なそうだ。じつはかなりの手練れなのか、あるいは差し迫った事情があるのか。

そういえば、泥棒はできるだけ短時間で仕事を終わらせて逃げると聞いたことがある。時間がかかると捕まるリスクが高まるという。

彼女は先ほどから部屋のなかを物色しているが、まだ金目の物を見つけられずにいる。なれているとは思えない。泥棒の経験はまだ浅いのではないか。キャップを取ってしまうところからして初心者だ。

目の前で犯罪が起きているが、哲郎にできることはなにもなかった。

これ以上、見ていても仕方がない。自室の屋根裏に戻り、物音を立てないように仕切り板を閉じる。そして、点検口から押し入れに降りた。

ベッドに腰かけると、疲れがどっと溢れる。

額に滲んだ汗を手の甲で拭って、息を大きく吐き出した。まさか泥棒の現場を目撃するとは思いもしない。当初の目的である退屈しのぎはできたが、消化できないモヤモヤが胸に残っていた。

どうにも落ち着かない。先ほどの女性はなぜ隣の部屋に侵入したのだろうか。ここは普通の安いアパートだ。金品が目的なら、もっと高級そうなところを狙うのではないか。いずれにしても、あの様子では遅かれ早かれ捕まるのは目に見えていた。

(よし……)

迷った挙げ句、玄関ドアをそっと開けて外廊下に出る。

彼女を捕まえるつもりなど毛頭ない。自分にそんな資格がないことはわかっている。ただバレていることを伝えるつもりだ。

(俺もお節介だな……)

心のなかでぽつりとつぶやく。

自分のことを棚にあげて、なにをやっているのだろうか。

ごつい男だったら、絶対に声などかけない。若い女性だったから、捕まる前に忠告したくなったのだ。

(俺もやめるべきだよな……)

そんなことを考えながら、暗くなった空を見あげる。

外廊下の手すりに寄りかかり、彼女が出てくるのをひたすら待った。２０１号室から外階段を使うには、２０２号室の前を通らなければならない。ここに立っていれば必ず遭遇する。

しばらくすると、２０１号室の玄関ドアがそろそろと開いた。

（来たぞっ）

全身に緊張がみなぎる。哲郎は息を殺して存在感を消した。

外の様子をうかがっているのか、すぐには姿を見せない。かなり慎重になっている。そう思ったのも束の間、ドアは少しだけ開いて、先ほどの女性が顔をひょっこりのぞかせた。

たぶん外廊下に人がいないか確認したかったのだろう。

ところが、いきなり哲郎と目が合った。直後に彼女は目を見開いて、頬をひきつらせる。ギリギリのところで声はこらえたが、口は「あっ」という形で固まっていた。

やはり泥棒の経験は浅いに違いない。ベテランだったら、こんな間抜けなミスはしないはずだ。

目が合ってしまった以上、引っこむのもおかしいと思ったのだろう。彼女はなんでもないフリをしながら外廊下に出て、玄関ドアに鍵をかけた。

（あれ……どうして、鍵を持ってるんだ？）

思わず首をかしげる。

泥棒なら鍵は持っていないはずだ。いや、待てよ。部屋のなかに置いてあった合鍵を発見したのかもしれない。それなら侵入するときは、どうやって鍵を開けたのだろうか。

住人が鍵をかけ忘れたのかもしれない。そこにたまたま彼女が泥棒に入ったのではないか。いや、そんな偶然があるとは思えない。ピッキングの技術を身につけているのだろうか。

さまざまな疑問が次々と湧きあがっては消えていく。本当に彼女は泥棒なのだろうか。だんだん自信がなくなってきた。

(俺の勘違いなのか?)

そう思ったが、部屋での様子は怪しかった。

このままだと彼女は立ち去ってしまう。ブラックジーンズに黒のトレーナーを着て、黒のキャップをかぶっている。顔を見られたくないらしく、終始うつむいていた。

彼女が哲郎の前を通りすぎようとする。歩きかたがぎくしゃくしており、緊張しているのは明らかだ。

「こんばんは……」

思いきって声をかける。

うしろめたいことがなければ、ただの挨拶なので適当にやり過ごすだろう。ところが、彼女は肩をビクッと震わせて立ちどまった。

「ひっ……」

小さな声を漏らして、恐るおそる顔をあげる。そして、怯えた目で哲郎をチラリと見やった。

(きれいな人だな……)

その瞬間、外灯に照らされた彼女の顔に惹きつけられる。

切れ長の瞳が印象的な美人だ。漆黒のロングヘアが夜風に靡いている。年齢は二十代なかばといったところだろうか。気が強そうだが、今は見知らぬ男に声をかけられたことでとまどっていた。

「隣に引っ越してきた方ですか？」

とっさに鎌をかける。

向こうの出方をうかがうつもりだ。ビクビクした反応を見て、やはり泥棒だと確信している。だが、クールな美貌にとまどっていた。

「は、はい……」

彼女は否定しなかった。

哲郎が勘違いしていると思ったのだろう。それに乗ってごまかそうという腹づもりだ。

「男の人だと思っていました」

「そ、そうですか……男っぽい服が多いので、それでかな？」

かなり無理があると思うが、それで押し切るつもりらしい。最初に隣人のフリをしてしまったので、今さら違うとは言えないのだろう。

「でも、この間、挨拶しましたよね」

もちろん嘘だが、彼女にわかるはずもない。とにかく、いろいろ話しかけてボロを出させるつもりだ。

「え、ええ……」

「違う人だった気がしますけど」

まっすぐ目を見つめると、彼女は気まずそうに顔をうつむかせた。

「あなた、隣の人じゃないですよね」

ここが攻め時だ。勇気を振り絞って言い放つと、逃げられないように彼女の前に立ちふさがる。

「な、なんですか？」

「泥棒に入りましたね」

ここで一気にたたみかける。泥棒という単語を出したとたん、彼女の顔がこわばった。

「なにを根拠に言ってるんですか」

まだ白を切りつづける。

泥棒と言われて怯んだのは一瞬だけだった。彼女は開き直って勝ち気そうな目を向けた。

「い、いや、だって……引っ越してきたのは男の人だから……」

思いのほか強気な態度に困惑する。

泥棒に入っておきながら、どうしてこんなに堂々としているのだろうか。哲郎のほうが気圧されていた。

「わたし、急いでるんです。どいてください」

「ちょ、ちょっと待ってください」

押しのけられそうになり、なんとか気を取り直す。ここで逃がすわけにはいかなかった。

「どかないと、人を呼びますよ」

「騒ぎになったら、困るのはあなたのほうですよ」

彼女が強気に出るから、哲郎もむきになってしまう。

「泥棒なんてやめるべきだ」

のぞきをしておきながら、どの口が言っていると思うが、哲郎も必死だ。今さら引くこともできなくなっていた。

「人を泥棒呼ばわりして、なんなんですか」

逆ギレされて焦ってしまう。彼女が認めてくれないので、もはや収拾がつかなくなってきた。

「俺、見てたんです。屋根裏から……」

困りはてた挙げ句、思いきって告げる。

ドアが開いていて、そこから見たことにしようかとも思った。だが、あえてここはのぞき穴のことを正直に話して共犯関係になったほうが警察も来ないし、より秘密を守れると思った。

「天井に開けた穴から、あなたが部屋のなかを漁っているのを見たんです。懐中電灯であちこち照らしてましたよね」

「ど、どうして……」

彼女の顔から血の気が引いていく。言い逃れできないと思ったのか、それきり黙りこんでうなだれた。ようやく観念したらしい。

「誤解しないでください。あなたを責めるつもりはありません。俺ものぞきをしていたんですから」

哲郎は早口で告げる。人のことを言う資格がないのは、誰よりも自分がいちばんよくわかっていた。

「ここだと人目につくので、俺の部屋で話しませんか。なにか事情があるのではありませんか。201号室に本当に住んでいる人が帰ってきたらまずいし」

できるだけ穏やかな声で提案する。

彼女からすれば、突然、見知らぬ男に声をかけられたのだ。とにかく怖がらせたくなかった。

「わかりました……」

消え入りそうな声だったが、彼女は意外にも素直につぶやいた。

3

「泥棒に入ったのは間違いない。弁解はしないわ」

吉沢沙希（よしざわさき）は卓袱台の前で正座をすると、キャップを取ってうつむいた。よほど反省しているらしい。哲郎が尋ねると素直に名前を教えてくれた。だから哲郎も簡単に自己紹介をした。

「俺は普通の大学生です。通報するつもりなんてないんで安心してください」

ベッドに腰かけて、静かに語りかける。

偉そうなことを言うつもりはない。ただ泥棒に入ったところを目撃してしまったので、黙っていられなかっただけだ。

「とりあえず、床じゃなくてベッドに座ってください。あっ、ち、違いますよ。決してヘンな意味じゃないですからね」

言った直後に誤解されてはいけないと思って弁明する。

ところが、沙希はうつむいたまま微動だにしない。なにか心に抱えているものがあるようだ。やはり、やむにやまれぬ事情があって、仕方なく盗みに入ったとしか思えなかった。

「そ、そうだ。なにか飲みましょう。コーヒーを入れますね」

哲郎はキッチンに向かうと、急いで湯を沸かす。そして、コーヒーを入れたマグカップを卓袱台に置いた。

「どうして……？」

沙希がぽつりとつぶやく。

喉が渇いていたのか、両手でマグカップを包みこむように持ち、熱いコーヒーをひと口飲んだ。

「なんか、事情がありそうに見えたから、放っておけなかったっていうか……泥棒もなれてなかったみたいだし、やめたほうがいいと思って」

「泥棒なんて、はじめてだったの……」

「なにかあったんですね」

哲郎は無理に聞き出そうとはせず、沙希が自分から話し出すのを待った。

しばらく沙希は思いつめた表情でコーヒーを飲んでいたが、マグカップを卓袱台に置いて姿勢を正した。

「話を聞いてもらえるかな」

「もちろんです。俺でよければ」

哲郎が答えると、沙希は目を見つめ返してうなずいた。

「ちょっと長くなるけど――」

そう前置きして、ぽつりぽつりと語りはじめる。

沙希は大学生だったとき、隣の201号室に住んでいたという。大学を卒業した四年前まで住んでいたというから、今は二十六歳なのかもしれない。

「そのときに作った合鍵をずっと持っていたの。鍵が変わってなければ、使えるかもしれないと思って……」

合鍵を使って、かつて住んでいた部屋に泥棒に入ることを思いついたという。

なるほど、沙希が鍵を持っていた理由がわかった。ピッキングではなく、最初から合鍵を使って侵入したのだ。

「でも、どうして泥棒なんて」

「じつは――」

沙希の口調がいっそう重くなる。

四年前に大学を卒業後、親の反対を振り切り、恋人と結婚したという。ところが、夫が交通事故に遭って入院した。会社もクビになり、貯金は瞬く間に底を突いてしまった。

「わたしがすぐに働けばよかったんだけど、夫についていたくて……」

夫につきっきりで、消費者金融から金を借りたという。

結局、一年後に夫は亡くなり、借金だけが残った。返済に追われて、仕方なく盗みを働いてしまった。

「駆け落ち同然だったから、親に頼ることもできないし……」

「そんなことが……大変だったんですね」

身につまされる話だ。

だからといって泥棒が許されるわけではないが、同情せずにはいられない。興味本位でのぞきをしていた自分が恥ずかしく思えた。

「でも、結局、なにも盗らなかったんです。いざとなったら、やっぱり……」

罪悪感に駆られたらしい。

実際、沙希はなにも持っていなかった。お金に困って泥棒に入ったのに、なにも盗らないで出てきたという。もともと悪人ではないのだろう。もともと泥棒の適性がなかったのだ。

「もう二度としないわ。土屋さんに見つかってよかった。親に謝って、お金を貸してもらうつもりよ」

沙希は反省した様子でつぶやいた。借金を返済して、やり直す決心がついたようだ。

「ところで、土屋さんはどうしてのぞきをしたんですか」

ふいに沙希の口調が変化する。

どこか問いつめるような感じになっていた。だからといって責めるわけでもなく、とにかく真実を知りたがっている感じがした。

あまり気乗りしなかったが、聞くだけ聞いておいて、自分が話さないわけにはいかない。哲郎は重い口を開いた。

「ある日、部屋にいると視線を感じるようになったんです」

「視線って、本当に感じるものなのね……」

「なんか観察されている気がしました。天井から物音が聞こえたこともあって、おかしいと思って屋根裏にあがったらのぞき穴を発見したんです」

哲郎の話を信じていないのか、沙希は相づちも打たずに黙りこんでしまう。もしかしたら、つまらないのだろうか。

「隣の203号室に女の人が住んでるんですけど、どうやら、その人がのぞいていたみたいなんです」

名前こそ出さなかったが、玲子のことを打ち明ける。そのとき、２０１号室は空室だったので、玲子以外にはあり得なかった。

「反対に彼女の部屋をのぞいていたら、なんだか癖になってしまって……のぞきなんてダメですよね。俺もきっぱりやめます」

ちょうどいい機会だと思った。

沙希が泥棒から足を洗うと言ったのだから、哲郎も金輪際のぞきをやめると宣言した。ところが、沙希は首を左右にゆるゆると振っている。いったい、なにを言いたいのだろうか。

「あの……どうしたんですか？」

意味がわからず問いかける。

すると、沙希は眉を八の字に歪めて、困惑の表情を浮かべた。なにか困らせるような質問をしただろうか。

「のぞいていたのは、隣の人ではないの」

なぜか沙希はきっぱり言いきった。

どうして、そんなことがわかるのだろうか。沙希が盗みに入ったのは２０１号室で、２０３号室のことはなにも知らないはずだ。

「もしかして、玲子さんの知り合いなんですか？」

「玲子さんって言うのね。２０３号室の人」

沙希は独りごとのようにつぶやいた。

どうやら、知り合いというわけではないようだ。それなら、なぜ玲子ではないと言えるのだろうか。

「わたしなの……」

「はい？」

「土屋さんの部屋をのぞいたのは、玲子さんではなく、わたしなの」

沙希の言葉を聞いても、すぐには意味がわからない。あまりにも予想外で、理解するまでに数秒を要した。

「えっと……それは沙希さんが屋根裏にあがったということでしょうか？」

「そうよ」

「のぞき穴を開けたのは？」

「それも、わたしよ」

沙希はまっすぐ哲郎の目を見つめている。

嘘偽りのない言葉だとわかるが、内容はよくわからないままだ。いったい、なにが起きたというのだろうか。

「じつは、合鍵を使って201号室に入ったのは少し前なの」

沙希が静かに語りはじめる。

泥棒をするつもりで201号室に侵入したが、そのときは空室だったため盗む物がなにもなかった。そこで屋根裏を使って、ほかの部屋に盗みに入ることを思いついたという。

(玲子さんじゃなかったのか……)

真実を知って愕然とする。

てっきり玲子の仕業だと思いこんでいた。まさか空室だった201号室に泥棒が入るとは想像すらしない。そこから屋根裏に人があがる可能性は、まったく考えていなかった。

「よくそんなことを思いつきましたね」

「昔、小説で読んだことがあるの。屋根裏を徘徊する人の話……有名なんだけど知らない?」

「えっと……読んでないです」

タイトルは聞いたことがあるが内容は知らない。

沙希はその小説を読んでいたため、押し入れから屋根裏にあがれることを知っていたという。

そして、住人の動向を探るため、天井に穴を開けて観察していた。留守中に押し入れの点検口から侵入して、金目の物を盗む計画だ。しかし、見つかるリスクを考えると、なかなか実行できなかったらしい。

確かに天井裏から侵入して、再び天井裏を使って逃げるのは時間がかかる。万が一、住人が帰宅したら一発でアウトだ。

「もしかして、玲子さんの部屋も?」

「ええ、202と203、両方とものぞいたわ」

沙希の言葉を聞いて納得する。

だから、仕切り板がどちらもはずれるように細工してあったのだ。沙希は201号室から屋根裏にあがり、哲郎と玲子の動向を観察していた。だが、計画は実行されないままだった。

「でも、203に穴はなかったような……」

「逃げるのに時間がかかることに気づいて、203の穴はガムテープでふさいだの」

だから、部屋の明かりが漏れておらず、穴を発見できなかったのだ。

「そのうち、201号室に新しい人が入ったの。それで思いきって今日……」

「そうだったんですか」

うなずきながらも、哲郎の頭にあるのは玲子のことだ。

完全に勘違いしていた。視線を感じるたび、玲子に見られていると思って意識していた。だが、実際は沙希だったのだ。がっかりしたのは一瞬だけで、すぐに喜びがこみあげた。

(そうか……そうだよな)

玲子はのぞきなどする人ではない。

混乱したが、本当のことがわかってよかった。

玲子にはのぞき癖があるのと思って、なんとか理解しようとしていた。それもあり、哲郎ものぞきにのめりこんだ一面がある。だが、真実を知ったことで、本当にのぞきから卒業できる気がした。

4

「誰にも言わないって約束してくれる?」

沙希がポツリとつぶやいた。

夫を亡くしたうえ、借金で追いつめられて、泥棒に入ってしまったのだ。そんな彼女を責められるはずがない。

「もちろんです。俺ものぞきをしていたことを誰にも知られたくないです。ふたりだけの秘密にしましょう」

予想していたとおりの展開だ。互いに秘密を握り合うことで、一件落着となるはずだった。

「それだけじゃ信用できないわ」

沙希が立ちあがり、ベッドに歩み寄る。目の前まで来ると、切れ長の瞳で哲郎を見おろした。

「どうしたんですか?」

問いかけるが、沙希は答えない。

無言のまま腕をクロスさせて黒いトレーナーの裾を摘まむと、ゆっくりまくりあげていく。

「ちょっと、なにを……」

とめようとして、途中で言葉を失った。

トレーナーを頭から抜き取ると、黒いブラジャーが露になる。白い肌とのコントラストが見事で、それぞれを際立たせていた。

「念のため、下着も黒のほうがいいと思って」

沙希の頰は赤く染まっている。

おそらく闇にまぎれるためだろう。スニーカーにジーンズ、トレーナー、キャップに至るまですべて黒で統一されている。念には念を入れて、下着も黒にしたらしい。

だが、今ここで服を脱ぐ理由がわからない。なぜ下着を見せつけているのだろうか。

(それに、泥棒にしては色っぽすぎないか……)

哲郎は無言のまま、沙希の胸もとを見つめた。

黒いブラジャーはハーフカップで、乳房の上半分が露出している。しかも、総レースのセクシーなデザインだ。

「黒はこれしか持ってないのよ。仕方ないでしょ」

視線に気づいたのか、沙希が言いわけがましくつぶやく。そして、ジーンズのボタンをはずしてファスナーをおろしはじめた。

(もしかして、下も……)

つい期待してしまう。

はたしてジーンズが引きさげられると、ブラジャーとセットの黒いパンティが現れた。逆三角形の小さな布地が恥丘を覆っており、両サイドを紐で結ぶタイプだ。総レースで女体を艶めかしく彩っていた。

（やっぱり……）

哲郎の視線はまたしても吸い寄せられる。

ジーンズを左右のつま先から抜き取ったことで、沙希が身に纏っているのは黒いブラジャーとパンティだけになった。手足が長くて全体的にすらりとしているが、乳房は大きくて臀部はむっちりしている。玲子に勝るとも劣らないプロポーションだ。

「本当に黒はこれしかなかったの……あんまり見ないで」

沙希は恥ずかしげにつぶやくと、ベッドに座っている哲郎の隣に腰かけた。

「あ、あの、どうして服を……」

今さらながら尋ねる。

女体に目が惹きつけられていたが、そもそも、どうして服を脱ぎはじめたのだろうか。

「口止めのためよ。秘密にしてもらわないと困るから」

沙希は目を見つめてつぶやく。

そして、哲郎の手をそっとつかむと、自分の太腿の上に導いた。柔らかくてなめらかな肌に触れて、胸の鼓動が一気に速くなった。

すでに下着姿になったのだから、本気なのは間違いない。

それが伝わったからこそ、哲郎はますます緊張してしまう。なにしろ、セックスの経験はまだ二回しかない。自信がないので、この状況を喜んでばかりもいられなかった。

「関係を持てば対等になるでしょ。誰にも言えないような、うんと恥ずかしくて気持ちいいことしてあげる」

「そ、そんなことしなくても……だ、誰にも話しませんよ」

先ほどもそう言ったが、信じていないのだろうか。

沙希は口もとに笑みを浮かべると、哲郎のスウェットをまくりあげて頭から抜き取った。

「それに、わたしも夫を亡くしてから……わかるでしょ」

ほんの一瞬、沙希の瞳に淋しげな色が滲んだ。

どうやら、しばらくセックスをしていないらしい。身体が疼いて仕方ないのか内腿をもじもじと擦り合わせた。

（欲求不満って、ことか？）

そうなると話が違ってくる。

いやいやだとしたら弱みにつけこんでいるようで気が引けるが、彼女もセックスしたいのなら断る理由はなかった。

「知ってるわよ。この間、童貞を卒業したばかりなのよね」

そう言われてドキリとする。

杏奈とはじめてのセックスをしたあと、キスをしているときに見られていると感じたのだ。

「もしかして、あの夜……」

「見るつもりはなかったんだけど、たまたま……ごめんね」

沙希はそう言って肩をすくめる。

どこまで本気で謝っているのかわからない。とにかく、記念すべき初体験を見られていたのは確かだ。

（そんな……）

激烈な羞恥がこみあげる。

自分はどんな顔をしていたのだろうか。想像すると全身が燃えるように熱くなる。

あのときは騎乗位だった。哲郎は仰向けになっており、のぞき穴は天井にあるので顔がよく見えたに違いない。

「はじめてだったのに、ひどいじゃないですか」

「だから謝ってるじゃない。その代わりと言ってはなんだけど、すごいことしてあげるから」

沙希の瞳に妖しげな光が宿った。

（すごいことって……どんなことだ？）

いやでも期待が膨れあがる。

よくわからないが、すごいことが体験できるという。きっとすごく気持ちいいことなのだろう。

「セックスを覚えたてで、やりたい盛りなんじゃない？」

沙希の言うとおりだ。

セックスに自信はないが、やりたくて仕方がない。今、沙希の話を聞いていただけでも、ボクサーブリーフのなかでペニスが硬くなっていた。

「ふふっ……大きくなってるじゃない」

沙希は当たり前のように、哲郎のスウェットパンツに手をかける。

「お尻、浮かせてくれるかな」

そう言われて、つい従ってしまう。

尻を浮かせた瞬間、スウェットパンツとボクサーブリーフがまとめて引きおろされる。とたんに青スジを浮かべて勃起したペニスが、ブルンッと鎌首を振って飛び出した。

「すごい、もうビンビンね。先っぽも濡れてるじゃない」

沙希がうれしそうに目を細める。

スウェットパンツとボクサーブリーフが脚から抜き取られて、哲郎はあっという間に裸になった。

「それじゃあ、ベッドにあがって四つん這いになってもらえるかな」

「えっ、俺がですか？」

思わず聞き返すと、沙希は瞳を妖しげに光らせてうなずいた。

女性なら想像がつくが、男が四つん這いになるという。不安と期待が湧きあがる。いったい、なにをするつもりなのだろうか。

「怖くないわ。昔、夫によくやっていたから大丈夫よ」

沙希の表情にふと淋しさがよぎった。

亡き夫のことを思い出しているに違いない。もしかしたら、懐かしいプレイを再現したいのではないか。

(そういうことなら……)

抵抗はあるが無碍(むげ)にはできない。

哲郎はベッドの上で四つん這いになる。肘と膝をシーツにつけると、自然に尻を高く掲げる格好になった。こんなポーズを取るのは、子供のときに注射を尻に打たれて以来だ。

「こ、これでいいですか?」

恥ずかしさがこみあげて、体温が一気に上昇する。

「いい格好ね」

沙希の声が背後から聞こえた。

はっとして振り返ると、いつの間にか沙希は真後ろで膝立ちの姿勢を取っていた。突き出した尻をまじまじと見られている。そう思うと、羞恥だけではなく屈辱もこみあげた。

女性もバックで挿入されるとき、こんな気持ちになるのだろうか。恥辱に耐えられなくなって尻を少しさげた。

「おろしたらダメよ。もっと高くあげて」

すかさず沙希の声が聞こえる。直後に尻たぶを撫でられて、思わずビクッと跳ねあげた。

「ううッ……」

「そうよ、いいわ。そのままよ」

沙希は満足げにつぶやくと、両手を尻たぶに重ねる。なにをするのかと思えば、臀裂をそっと左右に割り開く。肛門が外気に触れて、剝き出しになったことを実感した。

「ちょ、ちょっと……」

「まる見えになったわよ。土屋さんのお尻の穴」

沙希は弾むような声で言うと、顔を尻の谷間に近づける。熱い吐息が肛門に吹きかかり、ゾクッとするような感覚がひろがった。

「くううッ」

「どうしたの。まだはじまってもないのに、ヘンな声を出しちゃって」

そう言いながら、わざと肛門に息をフーッと吹きかける。そのたびに、これまで経験したことのない感覚が背筋をかけあがった。

「ひうッ、な、なにを……」

「触ってもないのに感じちゃうんだ。ずいぶん敏感なんだね」

沙希はこの状況を楽しんでいる。

肛門に熱い息を吹きかけては、両手で尻たぶを揉みしだく。男の尻を愛撫することで興奮するのだろうか。

「だ、旦那さんにも、こんなことを？」

「そうよ。あの人、自分が責められるのが好きだったの。だから、わたしも責めるほうが好きになっちゃった」

沙希はそう言うと、いきなり肛門にキスをした。

「ひううッ」

鮮烈な刺激が突き抜けて、情けない声が漏れてしまう。

信じられないことに、沙希の唇が尻穴に触れたのだ。しかも、一度だけではない。チュッ、チュッと何度もついばむようにキスをする。そのたびに甘い刺激がひろがり、四つん這いの体がピクピクと反応した。

「すごいね。お尻が気持ちいいんだ」

「ち、違いますっ、くひッ、そ、そこ、汚いからっ」

懸命に告げるが、沙希はやめようとしない。

哲郎の反応がおもしろいのか、含み笑いを漏らしながら執拗にキスの雨を降らせている。さらには舌先を肛門に這わせはじめた。

「くひぃぃッ」

たまらず裏返った声がほとばしる。

肛門の中心から外側に伸びる無数の皺を、一本いっぽん丁寧になぞるように舌先を這わせているのだ。唾液を塗りつけられて、ヌルヌルとした感触が全身にひろがっていく。

「そ、そんなこと……くうううッ」

「ほら、我慢しないで、もっと感じていいんだよ」

「や、やめっ、ひううッ」

口を開くと裏返った声が漏れてしまう。

やめてもらえないので、四つん這いの体勢を崩そうとする。ところが、刺激が強すぎて動けない。体を横に倒せば、この強烈な愛撫から逃れられる。

(いや、違う……動けないんじゃない。動きたくないんだ)

快感に痺れる頭で気がついた。

この愛撫をつづけてほしい。この快楽を逃したくない。もっと気持ちよくなりたい。だから、四つん這いのポーズを崩せないのだ。

「お尻がプルプルしてるよ。震えるほど気持ちいいんだね」

沙希は尻穴を舐めながらささやく。

声をかけられるたび、快感のレベルがアップする。まさか肛門が感じるとは知らなかった。

さらに沙希が股の下から手を入れて、勃起したペニスを握りしめる、すでに我慢汁にまみれているため、指を巻きつけられただけでヌルリと滑り、またしても凄まじい快感が突き抜けた。

「くうううッ、そ、それ、ダメですっ」

「言ったでしょう。我慢しなくてもいいんだよ」

沙希がやさしく声をかけるから、こらえようとする心が流されてしまう。

尻穴を舐めながらペニスをしごかれる。四つん這いのポーズで羞恥心を煽られているのも刺激になり、射精欲が瞬く間にふくれあがった。

「そ、それ以上されたら、ひうううッ、で、出ちゃいますっ」

耐えられなくなって訴える。

我慢汁がとまらない。舐められている尻穴もヒクヒクしている。もはや一刻の猶予もならないほど追いつめられていた。

「お尻とオチ×チン、どっちが気持ちいいの？」

沙希が臀裂に顔を埋めたまま尋ねる。

だが、哲郎に答える余裕はない。尻穴もペニスも蕩けるほど気持ちいい。その愉悦が全身にひろがり、もうなにも考えられない。

「言わないとやめちゃうよ？」

「や、やめっ、ううウッ、やめないでくださいっ」

「それなら教えて、どっちが気持ちいいの？」

「ど、どっちも、どっちも気持ちいいですっ」

涎れを垂らしながら大声で答える。

腰が勝手にくねってしまう。かつて経験したことのない強烈な快感だ。尻穴の刺激から逃れようと腰を前にやれば、ペニスの快感が強くなる。慌てて腰を引けば尻穴をジュルジュルと舐められてしまう。

「も、もうダメですっ、うあああッ、で、出ちゃうっ」

頭のなかがまっ赤に燃えあがったかと思うと、絶頂の大波が轟音を響かせながら押し寄せた。

「いいよ。いっぱい出してっ」

沙希が尻穴を舐めながらうながす。それと同時にペニスをしごくスピードをアップさせた。

「うわあああッ、で、出るっ、出る出るっ、はおおおおおおおッ！」

ついに絶頂の大波に呑みこまれて雄叫びをあげる。

四つん這いの姿勢で、まるで牛の乳搾りのようにペニスをしごかれて、思いきり白いミルクを放出した。男根が激しく脈打ち、次から次へと精液が尿道を駆け抜ける。腰が前後にガクガク揺れて、この世のものとは思えない快感が全身にひろがった。

「ああぁっ、すごいっ、ドクドクッて……」

沙希が喘ぎ声にも似た声をあげて、射精中のペニスをしごきつづける。

絶頂している間も刺激を与えられることで、快感が爆発的にふくらんだ。這いつくばったまま腰をカクカク振り、精液を大量にまき散らす。まるで放尿のようにたっぷりと射精した。

5

大量に射精したのに勃起が収まらない。

肛門を舐めまわされる刺激が、哲郎のなかに眠っていた獣性を呼び覚ましたらしい。ますます気持ちが昂り、挿入したくてたまらない。この猛る男根で思いきり女壺を貫きたい。シーツには自分の精液が飛び散っているが、そんなことは関係ない。

「さ、沙希さんっ」

哲郎は体を起こして振り返るなり、膝立ちになっている沙希のブラジャーをむしり取った。

張りのある乳房が剝き出しになる。杏奈よりは大きく、玲子よりは少し小さいが、充分にボリュームがあって魅力的だ。すかさず両手を伸ばして双つのふくらみを揉みあげる。

「あンっ、いっぱい出したのに、よけいに興奮しちゃったの？」

沙希がうれしそうな声でつぶやいて身をよじる。淡いピンクの乳首を指先で転がせば、女体に小刻みな震えが走り抜けた。

「ああっ、乳首、硬くなっちゃう」

その言葉どおり、乳首はあっという間に充血してとがり勃つ。ますます感度が高まって、乳輪までふっくら隆起した。

「こんなに硬く……す、すごい」

吸い寄せられるように乳首にむしゃぶりつく。

沙希のくびれた腰に手をまわして抱き寄せると、舌を伸ばして唾液を塗りつける。さらにはコリコリになった乳首をねちっこく転がした。

「ああァッ、こういうの久しぶりなの」

沙希の唇から歓喜の声が溢れ出す。

身体が飢餓状態で刺激を求めていたのだろう。そのため哲郎の拙い愛撫でも感じてくれる。双つの乳首を交互にしゃぶり、唾液をたっぷり塗りつけてはジュルジュルと吸いあげた。

「わ、わたし、もう……」

沙希が焦れたようにつぶやき、自分の手でパンティをおろしていく。

徐々に恥丘が露になる。楕円形に整えられた陰毛が黒々と輝いており、白い肌をいっそう白く見せていた。

「あっ……」

沙希が小さな声を漏らす。

陰唇とパンティの股布の間に、透明なものがツツーッと糸を引いている。愛蜜でぐっしょり濡れていることに気づいて、沙希の顔が赤く染まった。

哲郎に愛撫を施したことで興奮したのか、それとも乳首をしゃぶられたことで昂ったのか。いずれにしても、飢えた女体がさらなる刺激を求めているのは間違いない。

「う、うしろから、挿れたいですっ」

勢いにまかせて懇願する。

まだバックの経験は一度もない。いつかやってみたいと思っていた。今夜がそのチャンスだ。抑えきれずに手を引くと、沙希はバランスを崩して両手をシーツについた。

「あンっ、慌てないで」

やさしくつぶやき、自ら四つん這いになってくれる。

両肘と両膝をシーツにつけた獣のポーズだ。哲郎は背後で膝立ちになり、両手でむっちりした尻たぶを撫でまわす。搗きたての餅のように、しっとりして柔らかい。触れているだけで気分が高揚していく。

(ツルツルで、なんて柔らかいんだ)

感動と興奮がこみあげる。

臀裂を割り開いてのぞきこめば、鮮やかなサーモンピンクの陰唇が見えた。大量の華蜜で濡れており、誘うような光を放っている。トロトロになった二枚の女陰が、物欲しげに蠢いていた。

(こんなに濡らして……)

ペニスが硬さを増してピクッと撥ねる。早く女壺に入りたくて、先端から我慢汁が溢れていた。

「ねえ、早く来て」

我慢できないのは沙希も同じらしい。

四つん這いで高く掲げた尻を、焦れたようにくねらせる。さらには右手を脚の間から伸ばすと、人さし指と中指を陰唇の左右にあてがった。そして、ゆっくりと左右に開いていく。

(おっ……おおっ!)

哲郎は思わず腹のなかで唸った。

膣の入口がぱっくり開いて、毒々しい赤の粘膜が見えている。無数の襞が愛蜜にまみれており、意思を持った生き物のようにうねっていた。

「お願い……挿れて」

沙希が甘い声でささやく。

その声に導かれて、哲郎はいきり勃ったペニスの先端を膣口に押し当てた。軽く触れただけでも、クチュッという湿った音が響きわたる。ゆっくり腰を突き出せば、亀頭が膣のなかに沈みこんだ。

「あううッ……は、入ってくるぅっ」

沙希がシーツに頬を押しつけて、快楽の呻き声を漏らす。久しぶりのペニスに歓喜しているのか、膣がいきなり猛烈な勢いで収縮した。

「くおおおッ、す、すごいっ」

哲郎もたまらず唸り、沙希のくびれた腰を両手で強くつかんだ。

カリ首を締めつけられて、我慢汁がどっと溢れる。熱くて柔らかい女壺の感触が伝わり、快感に耐えながら一気に根もとまで突きこんだ。

「ぬおおおおッ」

「ああぁッ、い、いいっ」

沙希の唇から喘ぎ声がほとばしる。

カリが膣壁を擦りあげて、亀頭が膣の深い場所まで到達した。むっちりした尻たぶに密着するのも気持ちいい。

(や、やった……全部、入ったぞ)

這いつくばった女性を見おろすと、征服感が胸にこみあげる。

はじめてバックで挿入したのだ。沙希を支配しているような気持ちになり、ふくれあがる欲望のままに腰を振りはじめる。

「あぁッ、なかが擦れて……あああッ」

沙希の背中が大きく仰け反った。

腰を引くときに、カリが膣壁をゴリゴリ削る。それが感じるのか、尻たぶが小刻みに震えて締まりが強くなった。

「そ、そんなに……くおおおッ」

奥歯を食いしばり、反撃とばかりにピストンする。

張りつめた肉の杭を勢いよく突きこんで、膣の最深部を亀頭の先端で何度も何度もノックした。

「ああッ……あぁッ……は、激しいっ」

「さ、沙希さんのなか、すごく熱くて……ううッ」

腰を振るほどに快感が高まり、自然とピストンが速くなる。

射精欲の波が押し寄せるが、もう力の加減をすることはできない。欲望にまかせてペニスを出し入れして、ひたすらに快感を求めつづける。

「い、いいっ、あああッ、いいのっ」

沙希も手放しで喘いでいる。

さらなる刺激を欲しているのか、高く掲げた尻をグイッと突き出す。激しさを増すピストンの衝撃に耐えるように、両手でシーツがグシャグシャになるほど強く握った。

「おおおッ……おおおおッ」

哲郎は唸り声をあげて腰を振る。

ここまで来たら、あとは全力で駆け抜けるだけだ。とにかくペニスを出し入れして、快楽の坩堝(るつぼ)である女壺を堪能する。すでに結合部分は愛蜜と我慢汁でドロドロだ。そこを突きまくることで、快感はどこまでも高まっていく。

「ああッ、も、もうっ、はああああッ」

喘ぎ声のトーンがあがる。

沙希に絶頂が迫っているらしい。哲郎も最後の瞬間が迫っていると感じて、腰の動きをさらに加速させた。

「さ、沙希さんっ、くおおおッ」

「ああッ、ああッ、す、すごいっ、壊れちゃうっ」

尻たぶが、パンッ、パンッと肉打ちの音を響かせる。そこに沙希の喘ぎ声が重なり、淫らな気分が盛りあがる。

「お、俺、もう我慢できませんっ」

これ以上は耐えられない。ふくらみつづける射精欲を抑えられず、力をこめてペニスをたたきこんだ。

「はああああッ、い、いいっ、もうイキそうっ」

「俺も出そうですっ、おおおおッ」

我慢するつもりはない。絶頂に向けてのラストスパートだ。なにも考えることなく、思いきり腰を振りまくった。

「おおおおッ、くおおおおッ」

「あああああッ、いいっ、いいっ」

哲郎の呻き声と沙希の喘ぎ声が重なる。

頭のなかがまっ白になった次の瞬間、ついにペニスが膣の奥で跳ねまわり、熱い粘液が噴きあがった。

「くおおおおッ、で、出るっ、ぬおおおおおおおおッ！」

「あああああッ、あ、熱いっ、はあああッ、イクッ、イクうううッ！」

ふたりは同時に達して、全身をガクガクと震わせる。

バックで深く挿入したまま精液を放出するのが気持ちいい。凄まじい快感の嵐が吹き荒れて、沙希の背中に覆いかぶさった。

沙希が前に倒れこんでうつぶせになる。ペニスはまだ膣のなかに埋まったままだ。体重がかかることで、亀頭が膣の行きどまりを圧迫した。

「はンンンっ、い、いいっ、あうううううッ！」

快感が深まったのか、沙希がなかば意識を失いながら喘ぎつづける。

哲郎も大量に射精して、もはや呻き声さえ出なくなった。ハアハアと激しく胸を喘がせながら、凄まじい絶頂に浸っていた。

明け方、ふと目が覚めると沙希は消えていた。

照明は消えており、哲郎の体には毛布がかけてある。どうやら絶頂に達したあと、気を失うように寝てしまったらしい。

だが、沙希は立ち去る前に、眠っている哲郎に話しかけたようだ。なんとなくだが、やさしい声が耳の奥に残っていた。

——ありがとう。

確かに沙希はそう言った。

夫を亡くして、借金だけが残り、泥棒をするほど追いつめられていた。実際に侵入はしたが、なにも盗まなかったのは彼女に良心があったからだ。もう二度と泥棒をしようとは思わないだろう。

屋根裏から見ていたのが、玲子ではなかったのは驚きだった。

顔を見たわけでもないのに確信に近い感覚があったが、すべては哲郎の思いこみだった。

実際は玲子ではなく、沙希の視線を感じていたのだ。

つまり、哲郎が一方的にのぞいていたことになる。のぞき合っていたと思ったのは誤解だった。

人には言えない秘密の趣味を共有している気分でいた。

ところが、玲子にはのぞきの趣味などなかったのだ。がっかりするのと同時にほっともしている。裏の顔があるのも妖しくて魅力的だが、見た目どおり内面も美しいままであってほしいとも思う。

結局のところ、すでに好きになってしまったのだから、玲子にどんな一面があっても受け入れるつもりでいた。のぞき癖があっても構わない。自分も同じことをして仲間意識を持つことができた。

ところが実際は違ったのだ。

だから、なおさら絶対にバレるわけにはいかない。あらためて、のぞきは封印しようと心に誓う。

(でも、本当に……)

誘惑に勝てるのだろうか。

玲子のプライベートをのぞくスリルは、なにものにも代えがたい。あの興奮を忘れられるとは思えなかった。

第五章　はじまりはのぞき

1

沙希との一夜から一週間が経っていた。

哲郎は相変わらず大学とバイト先のコンビニ、そしてアパートの自室をグルグルまわるだけの生活を送っている。

２０１号室に入居したのは同じ大学に通う後輩だった。

だからといって、とくに交流があるわけではない。一度、外廊下で会って挨拶をしたきりだ。沙希が侵入したことには気づいていないようだった。いろいろ物色したが、元に戻して部屋を出たのだろう。なにも盗らなかったので、今後バレることはないはずだ。
それより、玲子のことが気になって仕方がない。
夫とはどうなっているのだろうか。別居がつづいているので、このまま別れること
になるのかもしれない。
（そうなったら、俺にもチャンスが……）
そんなことばかり考えてしまう。
今日もアルバイトを終えて帰宅すると、ベッドに横たわって隣室の様子を気にして
いた。
玲子もそろそろ帰宅するはずだ。
壁ごしに聞こえる音を聞くかぎり、彼女の生活サイクルは変わっていない。あんな
ことがあったのに、パート先はそのままのようだ。時給が高いので、やめたくないの
だろう。
また店長に襲われるのではないかと不安になる。
だが、逆に考えれば、店長がおとなしくなったので職場を変えずにすんでいるのか
もしれない。とはいえ、あの男が近くにいるのは気になるはずだ。別居中で大変なの
で、我慢してメリットを取ったのだろう。

（俺が助けてあげることができたら……）

まだ学生で経済力のないことが悔やまれる。懸命にアルバイトをしたところで得られる金は高が知れていた。

そもそも、玲子との仲が深まったわけではない。

一度セックスをしたが、あれからまったく進展していなかった。食事に誘いたいと思うが、どうしても勇気が出なかった。それでも惹かれる気持ちは抑えられず、悶々とする日々がつづいていた。

（玲子さんは俺のこと、どう思ってるのかな……）

心のなかでつぶやいて、深いため息が漏れる。

店長を追い払ったことに関しては、感謝してくれていると思う。だが、それ以上の気持ちがあれば、彼女のほうからアプローチがあるのではないか。哲郎に対して特別な感情があるとは思えなかった。

（あっ……）

天井の中心にある小さな黒い点が目に入る。

あれは沙希が開けたのぞき穴だ。知らなければ、まず気づくことのない黒胡麻のような小さな点だ。

あそこからのぞいていたのが、予想していたとおり玲子だったら、ふたりの距離はもう少し近づいていたかもしれない。のぞくのは、多少なりとも相手に興味があるからだ。

(俺に興味を持ってほしかったな……)

玲子にならのぞかれても構わない。

そう思うが、実際は違っていた。よくよく考えたら、玲子が屋根裏を徘徊するはずがない。すべては哲郎の勘違いだったのだ。

天井をぼんやり眺めていると、壁ごしに玄関ドアを開閉する音が聞こえた。

玲子が帰宅したらしい。

まずシャワーを浴びるはずだ。時間にして三十分から四十分くらいだ。それから、ドライヤーを使って、しばらくしてから横になる。玲子は規則正しい生活を送っていた。

隣室が静かになると、哲郎は行動を開始する。

物音に気をつけて押し入れの襖を開けると、上の段に卓袱台を運びこむ。そして、点検口から屋根裏にあがるのだ。

いまだに、のぞきをやめられずにいる。

叶わぬ想いを抱えているせいかもしれない。本人を目の前にすると、必要以上に緊張してしまう。

外廊下で会っても、恥ずかしくて顔をしっかり見ることができない。でも、のぞき穴を通してなら凝視できる。それがすっかり癖になり、玲子の寝顔を見なければ落ち着かなくなっていた。

しかも、かなりの確率でオナニーをするのだ。

悶える女体と抑えた喘ぎ声が忘れられない。そんな姿を見せられたら、のぞきをやめられるはずがなかった。

2

さらに一週間後――。

例によって玲子が寝静まるのを待って、哲郎は屋根裏にあがった。

そろそろ頃合いだ。運がよければ、今夜もオナニーしている姿を見せてくれるだろう。

仕切り板をはずして、２０３号室の屋根裏へと移動する。

すっかりなれているため、もはや懐中電灯は必要なかった。非常時に備えて手に持っているが、点灯することはほとんどない。部屋からだとのぞき穴が光って見えるため、気づかれるリスクを極力減らしたかった。

暗闇のなかを慎重に這っていく。

２０３号室の天井のほぼ中央まで進むと、そこには哲郎の開けたのぞき穴がある。さっそく右目を近づけて部屋をのぞいた。

（あれ？）

玲子の姿が見当たらない。

規則正しい生活を送っているので、この時間は横になっているはずだ。そのまま眠ってしまうか、オナニーをはじめるかのどちらかだ。

ところが、ベッドに玲子はいなかった。

毛布を頭からかぶっているわけではない。布団はきれいに整えられており、ふくらんでもいなかった。

トイレに行ったのだろうか。しばらく待ってみるが、物音ひとつしない。人の気配がまったく感じられなかった。

（おかしいな……）

いったい、どこに消えてしまったのだろうか。

今夜、玲子はいつもどおりに帰宅した。そして、いつもどおりにシャワーを浴びて、いつもどおりにドライヤーをかけて髪を乾かした。

それらの音をすべて壁ごしに聞いている。

さらにはベッドに歩み寄る足音、マットレスの軋むギシッという音も、間違いなく耳にした。

そのうえで哲郎は屋根裏にあがった。

万が一にも見つかるわけにはいかないので、細心の注意を払っている。聞き耳を立てているのも、玲子が横になったのを確認するためだ。あとは寝るかオナニーをするだけなので注意力が散漫になる。横になれば、哲郎の視線に気づくことはないと踏んでいた。

それなのに、玲子の姿はどこにもない。

先ほどまでは確実にいた。だが、今は部屋にいないようだ。こんなことは一度もなかった。はじめての事態に困惑する。最後に聞こえたのは、ベッドのマットレスが軋む音だった。

(横になったはずなのに……)

そのとき、ある考えが脳裏をよぎる。

玲子はのぞかれていることに気づいたのではないか。いつも横になってから視線を感じるので、わざとマットレスを軋ませた。そして、横になっていると思わせてから、音を立てないように部屋を抜け出した。

(でも、どこに行ったんだ?)

いやな予感がこみあげる。

もしかしたら、警察に駆けこんだのではないか。もしそうだとしたら、警察官を引き連れて戻ってくるかもしれない。そして、屋根裏にあがって不届き者を捕らえるつもりではないか。

(早く逃げないと……)

焦りがこみあげる。

玲子がどこまで把握しているのかはわからない。犯人が哲郎だと気づいているのか、それともほかの誰かだと思っているのか。とにかく、一刻も早くこの場を離れるべきだ。

「哲郎くん……」

突然、背後から女の声が聞こえた。

「ひいッ！」

その瞬間、心臓がすくみあがり、抑えきれない悲鳴が漏れる。

まっ暗な屋根裏で、いきなり声をかけられたのだ。聞き覚えのある声だが、パニックに陥って頭がまわらない。

「だ、誰だ……」

握りしめていた懐中電灯をつけて背後に向ける。すると、女性の生首が暗闇のなかにボーッと浮かびあがった。

（ひッ……）

またしても悲鳴をあげそうになり、ギリギリのところで呑みこんだ。

玲子だ。なぜか玲子が背後で這いつくばっていた。黒いスウェットの上下に身を包んでいるため、顔の白さが暗闇のなかで強調されている。それで生首のように見えてしまったのだ。

（危なかった……）

悲鳴をあげなくてよかった。

一度目は仕方がないとしても、振り返って悲鳴をあげるのはまずい。顔を見て叫ばれたら、玲子としては気分がよくないはずだ。

とはいえ、状況がまったくつかめない。どうして、玲子が屋根裏にいるのだろうか。てっきり部屋から出ていったものと思っていた。まさか、これほど近くにいるとは驚きだ。

「そこでなにをしているのですか？」

玲子がゆっくり這い寄ってくる。

口調は淡々としているが、視線はいつになく鋭い。ここで哲郎がなにをしていたのか、本当はすべてわかっているのではないか。だから、玲子は現場を押さえるために、わざわざ屋根裏にあがったのだ。

（もう、終わった……）

言い逃れできない。

屋根裏で這いつくばっている現場を目撃されたのだ。しかも、玲子の部屋の真上で、哲郎の顔のすぐ下にはのぞき穴が開いている。どんな言葉で取り繕ったところで、ごまかせるはずがなかった。

玲子は哲郎のすぐ隣まで来ると、顔をじっと見つめる。無言で返答をうながされて、哲郎は震える唇を開いた。

「ご、ごめんなさい……」

絶望感がこみあげるなか、なんとか謝罪の言葉を絞り出す。

ともすると涙が溢れそうになるが、今ここで哲郎が泣くのは違う。泣きたいのは、のぞかれていた玲子のほうだ。悪いのは自分だとわかっているから、嘆き悲しんでいる場合ではなかった。

「の、のぞいていました……ごめんなさい」

哲郎は這いつくばったまま、ひたすらに頭をさげるしかない。

罪を告白するのは、とてつもない苦痛をともなう。迷惑をかけた相手が、憧れの女性となればなおさらだ。

どうしても、のぞきの誘惑から逃れられなかった。決して手の届かない高嶺の花なら、せめて遠くから見ていたい。いけないことだとわかっていたが、自分を抑えることができなかった。

「俺は最低です……」

鼻の奥がツーンとなり、慌てて奥歯を食いしばる。

これ以上、玲子の顔を見ていられない。責めるような瞳がつらすぎる。懸命に涙をこらえて、顔をうつむかせた。

「わたしの部屋をのぞいていたのね」

玲子は相変わらず淡々としている。

抑揚のない声から感情がいっさい感じられない。怒りが大きすぎて、必死に抑えこんでいるのではないか。そんな気がしてならず、哲郎は背中をまるめて額を天井板に押し当てた。

「す、すみません……」

謝ることしかできない。

ただただ申しわけない気持ちでいっぱいだ。いっそのこと、この世から消えてしまいたいと思うほど後悔していた。

「どうして、そんなことをしたの？」

「そ、それは……」

哲郎は言葉を呑みこんだ。

玲子のことが好きだからのぞいた。

それが真実だが、この状況で言うことではない。のぞきをするような男に好きと言われても、きっと迷惑なだけだ。それどころか、気持ち悪いと思われる気がした。

「言ってくれないのね……」

哲郎が黙りこむと、玲子がぽつりとつぶやいた。

先ほどまで淡々としていたのに、言葉にほんの少し感情が乗っている。どこかがっかりしているのが伝わってきた。

「じつは、わたし、気づいていたの」

玲子があらたまった様子で切り出した。

「のぞき穴が開いていて、そこから誰かの視線を感じたの。それが哲郎くんだって、すぐにわかったわ。そのとき、２０１号室は空室だったから」

衝撃的な言葉だった。

つまり、玲子はかなり前から気づいていたことになる。もしかしたら、最初からわかっていたのではないか。店長に襲われているところを、哲郎がただ見ていたことも知っているのかもしれない。

（待てよ。それじゃあ……）

どうして玲子はオナニーをしていたのだろうか。

見られるかもしれないのに、毎晩のように自分を慰めていた。抑えられないほど、欲望が高まっていたということだろうか。

（いや、違う……）

今にして思うと不自然だった。

のぞかれていると知っているなら、毛布をかぶったままオナニーをしたり、バスルームでするという方法もあったはずだ。それなのに、玲子は必ずベッドの上で毛布を剝ぎ取り、脚を大きく開いて自慰行為に耽っていた。まるで、のぞいている哲郎に見せつけるように――。

(どうして……)

うつむかせていた顔をあげる。

玲子と目が合った。彼女の瞳は潤んでいる。感情を押し殺していた先ほどとは打って変わり、さまざまな想いがこみあげているのがわかった。

「そうよ。見せてたの」

玲子の言葉に息を吞む。まさかと思いつつ、次の言葉を待った。

「見てもらいたかったの。だって……」

そこでいったん言葉を切ると、玲子は下唇をキュッと嚙む。そして、意を決したように再び口を開いた。

「哲郎くんのことが気になっていたから」

「お、俺のことが?」

思わず聞き返す。

まったく予想していなかった言葉だ。一瞬、冗談ではないかと疑うが、そんなことを言う雰囲気ではない。玲子は瞳に涙さえ滲ませて、哲郎の目をまっすぐ見つめていた。

「あんな恥ずかしいことまでして、気を引こうとしたのに……」

そこまで言うと、こらえきれない感じで顔をくしゃっと歪める。懐中電灯に照らされた頰が、赤く染まっていくのがわかった。

見られていることを前提に、オナニーをしていたのだ。そうやって、哲郎にアピールしていたらしい。まさか、そうとは知らず、哲郎はのぞきながらペニスをしごいていたのだ。

「そ、そうだったんですか……」

「あんなことまでしたのに、哲郎くんはのぞいているだけなんだもの」

玲子が不満げにつぶやいて、哲郎の顔をにらみつける。

本気で怒っているわけではない。どこか甘えるような雰囲気を感じて、だんだん喜びがこみあげる。

「それで……どうして、玲子さんがここにいたんですか？」

「哲郎くんのせいよ。なにもしてくれないから、哲郎くんが屋根裏にあがるのを待ち伏せしていたの」

玲子が打ち明ける。

夜になると哲郎の視線を感じるので、屋根裏にあがる時間をだいたい把握していたという。

だから、わざとベッドを軋ませて、横になったと思いこませたらしい。そして、すばやく押し入れの点検口から屋根裏にあがり、暗闇に紛れて哲郎が来るのを待っていたのだ。

「そんなことしなくても……」

「これ以上、待てなかったの。こうでもしないと、哲郎くんはずっとなにもしないわ。わかってる。わたしが人妻だからでしょう」

確かに、玲子が人妻だというのは大きな壁だった。

だが、それだけではない。玲子が魅力的すぎるから、自分には手が届かない存在だとあきらめていた。

「玲子さんみたいに素敵な女性と、なんにもない俺では、釣り合わないと思ったんです」

素直な気持ちを言葉にする。

告白する前から無理だと決めつけていた。フラれるのが怖くて、ダメもとでアタックすることができなかった。そんな消極的な性格だから、これまで恋人ができなかったのだろう。

そのくせ、のぞきをするのだから、自分でも自分のことがよくわからない。のぞきをする勇気があるなら、当たって砕ければよかったのだ。

「勇気がなかったんです……」

「哲郎くんはわたしのことを助けてくれたでしょう。ほとんど話したことがないのに、一所懸命になってくれたじゃない。正義感の強い勇気のある人だと思ったわ」

玲子はそう言って微笑を浮かべる。

店長に襲われているところを助けたときのことだ。確かにあのときは必死だった。玲子を助けることしか考えていなかった。

「あのときは、俺がなんとかしなくちゃって……玲子さんのことが好きになっていたから」

口にすると恥ずかしい。顔が燃えるように熱くなるが、懐中電灯の光をずらせば赤面していることはバレないはずだ。あらためて、愛しい人の目をまっすぐ見つめた。

「俺、玲子さんのことが好きです」

想いをはっきり言葉にして告げる。

こんなことを女性に言うのは、これがはじめてだ。背中を押してもらって、ようやく告白できた。ちょっと情けない気もするが、玲子への想いが羞恥をうわまわったのは間違いない。

「こんなに誰かを好きになったことはありません。じつは告白するのもはじめてなんです」

「そうだったんですね。はじめてなら、なおさらうれしいです。もう一度、言ってもらえませんか」

玲子の瞳は少女のようにキラキラ輝いている。

お願いされると照れくさい。だが、玲子の頼みだ。気持ちをこめて、再び口を開いた。

「玲子さんが好きです」

「うれしい……ありがとう」

玲子の顔がまっ赤に染まる。こらえきれない歓喜の涙が溢れて、天井板にポタポタと垂れ落ちた。

「玲子さん……」

哲郎は思いきって顔を近づける。

すると、玲子は睫毛を伏せて、顎を少しあげた。唇をそっと重ねれば、幸せな気持ちが胸いっぱいにひろがった。

3

哲郎と玲子はベッドに並んで座っている。

今いるのは玲子の部屋だ。屋根裏で互いの気持ちを確認した直後なので、最高潮に盛りあがっている。

ひとつになりたい。そして、思いきり腰を振り合いたい。快楽を共有して、ふたりで同時に昇りつめたい。

確認するまでもなく、考えていることは同じだ。

哲郎は黙って服を脱ぎはじめる。ボクサーブリーフもおろして、すでに勃起しているペニスを剥き出しにした。すると、玲子も隣でスウェットの上下を脱いで下着姿になった。

(おおっ……)

隣をチラリと見た瞬間、思わず両目を見開いた。

玲子が身につけているのは、意外なことに黒い総レースのセクシーなランジェリーだ。

沙希がつけていた下着を思い出すが、さらに布地の面積が少ない。ただでさえ大きな乳房は今にも溢れそうになっており、股間もかろうじて陰毛は隠れているが恥丘はかなり露出していた。

それだけではなく、ガーターベルトをつけており、セパレートタイプのストッキングを吊っているのだ。

(玲子さんが、こんな下着をつけるなんて……)

つい前のめりになって凝視してしまう。

沙希の下着姿も色っぽかったが、玲子の姿はさらに惹きつけるものがある。ひと目見ただけで、牡の欲望が揺さぶられて激しく昂った。勃起したペニスがさらに反り返り、先端から透明な汁が湧き出した。

「気に入ってくれましたか」

玲子が恥ずかしげにつぶやく。ベッドから立ちあがると、見せつけるように腰をくねらせた。

もともとプロポーションが抜群なので、セクシーな下着が似合っている。ふだんは清楚な雰囲気なのに、脱ぐと匂い立つような色気が溢れ出す。まさに男が理想とする女性だ。

「哲郎くんは、こういう下着がお好きだと思って用意したんです」

「わざわざ買ってくれたんですか？」

驚いて尋ねると、彼女はこっくりうなずいた。

哲郎を悦ばせるために、黒いセクシーな下着を購入してくれたのだ。その気持ちがうれしくて、興奮しつつも胸の奥がほっこり温かくなった。

「ありがとうございます。すごく似合ってますよ」

「恥ずかしいけど、哲郎くんが悦んでくれると、わたしもうれしいです。今日はわたしにサービスさせてください」

玲子はテンションがあがったらしい。

どんなことをしてもらえるのか期待が高まる。もちろん、断る理由などあるはずもなかった。

「俺はどうすればいいですか？」

「それじゃあ、ベッドにあがって四つん這いになってください」

玲子が微笑を浮かべて指示を出す。

偶然にも、沙希が愛撫してくれたときと同じ体勢だ。さすがにあれほど過激なことをするとは思えないが、とにかく期待しながらベッドの上で四つん這いになる。肘と膝をシーツにつけて、尻を高く掲げる獣のポーズだ。

「哲郎くんはじっとしていてくださいね」

玲子はそう言って、背後で膝立ちになる。

両手を哲郎の尻たぶに重ねると、やさしく円を描くように撫ではじめた。それだけで快感がじんわりとこみあげる。皮膚の表面をくすぐるように動くのがたまらず、腰をよじりたくなるのを懸命にこらえた。ところが、ふいに尻たぶをわしづかみにされて、強い刺激が突き抜ける。

「ううっ……」

思わず声が漏れてしまう。

尻をつかまれただけで、こんなに感じるとは知らなかった。そのままゆったりともまれると、うっとりするような感覚がひろがった。

「お尻がお好きなんですね」

玲子は楽しげにつぶやき、臀裂を左右に割り開いた。

肛門が外気に触れるのがわかる。くすんだ色の排泄器官が剝き出しになっているに違いない。沙希に見られたときも恥ずかしかったが、相手が玲子となればなおさらだ。愛しい人の前では晒したくなかった。

「は、恥ずかしいです……」

そう告げることで、さらに羞恥がアップする。早く体勢を変えたいが、玲子は尻たぶを割り開いたまま放さない。それどころか、顔を臀裂にぐっと近づけた。

「ちょ、ちょっと――くううッ」

肛門に柔らかいものが触れて、またしても声が漏れる。まさかと思って振り返ると、玲子が臀裂に顔を埋めていた。信じられないことに、尻穴に唇を押し当てているのだ。

「な、なにしてるんですかっ」

「キスをしてるんですよ。ここも感じるんですよね？」

玲子はそう言って、ついばむような口づけをくり返す。

まるで哲郎の性感帯を知っているような言いかただ。哲郎自身も尻穴で感じることは、沙希に愛撫されたことで知ったのだ。あれがなければ、排泄器官という認識しかなかった。

とにかく、玲子が肛門にキスしていることに驚きを隠せない。いつまでも、こんなことをさせるわけにはいかなかった。

「い、いけません、そこは汚いです」

「哲郎くんの体に汚いところなんてありません」

玲子はうれしいことを言って、舌先で尻穴を舐めはじめる。ヌルヌルとねぶりまわされると、瞬く間に快感の嵐が巻き起こった。

「ううぅッ、ま、待ってくださいっ」

「遠慮しないでください。たくさん気持ちよくなっていいんですよ」

肛門にキスしながら、くぐもった声で告げる。そして、玲子はとがらせた舌先で、尻穴の中心部を圧迫した。

「な、なにを……」

「動かないでください」

哲郎は慌てて尻をよじるが、玲子が両手で尻たぶを押さえている。逃げることができないまま、尻穴が押し開かれるのを感じた。

「うあああッ！」

ツプッという感触とともに、玲子の舌先が肛門のなかに入りこんだ。

はじめての刺激が背筋を駆けあがる。絶叫にも似た声をあげて、全身の筋肉を硬直させた。

休む間もなく、玲子の右手が脚の間から入りこんでペニスをつかむ。ほっそりした指が、太く張りつめた竿に巻きついた。そのまま我慢汁まみれの男根をねっとりしごかれる。

「哲郎くんのここ、すごく硬いです」

「き、気持ち……うううッ」

言葉にならない呻き声が溢れ出す。

肛門のなかを舐められながら、同時にペニスも刺激されているのだ。前後から快感が襲いかかり、新たな我慢汁が噴き出した。

「たくさん気持ちよくなってくださいね」

玲子がやさしく語りかける。

その声を聞いているだけでも快感が大きくなり、頭のなかが痺れ出す。射精欲が芽吹いたと思ったら、あっという間に限界までふくれあがる。沙希にされたときもすごかったが、さらに快感は強烈だ。

「も、もうっ、ううぅ、そ、それ以上は……」

「出ちゃいそうですか。いっぱい出してください」

「おおおッ……おおおッ」

雄叫びをあげながら全身をガクガクと震わせる。その直後、しごかれているペニスの先端から、精液が勢いよく噴き出した。

「れ、玲子さんっ、くおおおおおおおッ！」

こらえきれずに呻き声を振りまく。

憧れの玲子が射精に導いてくれたと思うと、なおさら快感が大きくなる。柔らかい手のなかで放出するのが、涎が垂れるほど気持ちいい。脈動する太幹をさらにしごかれて、大量の精液をシーツの上にまき散らした。

「ああっ、すごい……手のなかで哲郎くんのオチ×チンが暴れてます」

玲子のうっとりした声が聞こえる。

精液が彼女の手に付着したらしい。それでも、気にすることなくゆったりしごきつづける。太幹に巻きつけた指をスライドさせるたびに、クチュッ、ニチュッという粘着質な音が響きわたった。

4

（玲子さんが、こんなことまで……）

なにかがおかしい。

蕩けそうな絶頂の余韻のなかで疑問が湧きあがる。

玲子の愛撫は、沙希がやっていたものとそっくりだった。玲子が身につけているランジェリーもあの夜の沙希と似ている。

（まさか……）

自室の天井に開いていたのぞき穴を思い出す。

あそこから見ていたのは、やはり玲子だったのではないか。沙希の特殊な愛撫が、偶然重なるとは思えない。あの夜の出来事を見て、同じことをしたのではないか。

（でも、どうして同じことを……）

そのとき、ふと思い出す。

哲郎は屋根裏から、玲子が店長に犯されているのをのぞいた。そのあと玲子とセックスしたが、店長よりも感じさせたくて躍起になった。好きな女性の身体から店長の色を消したくて必死だった。

今、玲子がやっていることも同じ理由かもしれない。

ランジェリーと愛撫、どちらも沙希よりグレードアップしている。哲郎の体と心から、沙希の記憶を消そうとしているのではないか。自分と重ね合わせて考えると、そんな気がしてならなかった。

(俺のことを、それだけ強く想ってくれているのか……?)

きっとそうに違いない。

幸せな気持ちが胸いっぱいにひろがり、射精した直後のペニスがむくむくと屹立する。萎えるどころかいっそう硬くなって、太幹も亀頭もこれ以上ないほど張りつめた。

「玲子さん……」

ゆっくり振り返る。

すると、玲子も欲望に満ちた瞳で哲郎を見つめていた。膝立ちの姿勢で唇が半開きになっており、熱い吐息が漏れている。まだ触れてもいないのに乳首が充血して、硬くとがり勃っていた。

自室で哲郎が感じていた視線は、ほとんど玲子だったのではないか。

今にして思うと、そんな気がしてならない。沙希は借金を返済するために泥棒をするつもりだったが、哲郎の部屋に金目の物がないのはひと目でわかったはずだ。何度ものぞく必要はない。

(玲子さんに見られてたんだ……)

そのことに気づくと、胸に熱いものがこみあげる。

最初からふたりは惹かれ合っていたのかもしれない。そして互いのプライベートをのぞくことで、気持ちをどんどん深めていったのだろう。

「哲郎くん……うしろからお願い」

玲子が恥ずかしげにつぶやく。

そして、自分の手でブラジャーとパンティを取り去って、シーツの上で四つん這いになる。ガーターベルトとセパレートタイプのストッキングはつけたままの扇情的な格好だ。

(やっぱり、バックなんですね)

哲郎は心のなかでつぶやき、玲子の背後に陣取った。

あの夜、沙希にうしろから挿入した。はじめてのバックなので、記憶に深く刻まれたのは間違いない。だから、玲子ともっとすごいセックスをして、記憶を上書きしたかった。

むっちりした尻たぶに両手を重ねる。

臀裂を割り開けば、赤々とした陰唇が剝き出しになった。すでに華蜜でぐっしょり濡れており、ヌラヌラと妖しげな光を放っている。ペニスを受け入れる準備は整っていた。

だが、すぐには挿入しない。前屈みになって陰唇にむしゃぶりつく。口を押し当てると、舌を伸ばして柔らかい花弁を舐めあげた。

「あああッ、な、なにをしてるんですか?」

玲子が慌てた様子で振り返る。

ペニスを挿入されると思っていたのだろう。予想外の刺激に困惑して、くびれた腰をクネクネとよじった。

「いっぱい感じてもらいたいんです」

割れ目をしゃぶりながら語りかける。

二枚の陰唇を交互に舐めあげては、口に含んでねぶりまわす。チーズにも似た濃厚な香りが漂って、気分がますます高揚する。溢れる華蜜をすすり飲めば、女体が感電したように震えはじめた。

「はああッ、そ、そんな、吸わないでください」

玲子が這いつくばった姿勢で懇願する。

だが、哲郎はやめるつもりなどない。もっともっと感じさせて、ほかの男の記憶を消し去りたかった。

「玲子さんの汁、すごくおいしいですよ」

唇を膣口に密着させると、思いきり吸引する。女壺のなかにたまっていた華蜜を一気に吸い出して、喉を鳴らしながら嚥下した。

「あああああッ、ダ、ダメぇっ、はああああああッ！」

玲子の喘ぎ声が高まる。

もしかしたら、軽い絶頂に達したのかもしれない。女体の震えがおおきくなって、愛蜜の量もどっと増えた。

「も、もう、許してください……」

懇願する声に力が入っていない。絶頂の余韻のなかを漂っているようだ。

「まだです。もっと気持ちよくなってください」

陰唇の上にある禁断のすぼまりに目を向ける。

先ほどさんざん舐められたので、お返しをするつもりだ。舌先をそっと這わせると、脱力していた女体がビクンッと反応した。

「ひンンッ、そ、そこは……」

「感じるんですね。いっぱい舐めてあげますよ」

まずは唾液をたっぷり塗りつけて、時間をかけて肛門をほぐしていく。

不浄の穴を舐められる羞恥で、玲子はすすり泣くような喘ぎ声を漏らしつづける。

その声が哲郎の獣欲をどうしようもないほど刺激した。

「あああッ、ダ、ダメっ、ダメですっ、そんなところ……」

「口ではいやがっても、アソコはトロトロになってますよ」

「ウ、ウソです。そんなこと――あうううッ」

玲子の抗議する声が、途中から喘ぎ声に変化する。

とがらせた舌先を肛門に、右手の中指を膣口に、同時に埋めこんだのだ。女体がビクビクと反応して、またしても愛蜜が溢れ出した。

「感じてるんですね」

舌と指を交互に出し入れする。

誰に習ったのでもない本能の動きだ。とにかく、玲子を感じさせたいという思いが、直感的な愛撫になっていた。

「あああッ、あああああッ」

玲子の喘ぎ声が高まり、切羽つまるのがわかる。尻穴と膣、両方を同時に責められることで、あっという間にアクメが迫っていた。

「も、もうっ、あああぁッ、もうおかしくなっちゃうっ」

艶めかしい声で叫んだ直後、女体が激しく痙攣する。突き出した尻たぶに鳥肌がひろがり、肛門と膣口が思いきり収縮した。

「はあああぁッ、イ、イクッ、イクイクううううッ！」

ついに玲子が絶頂を口にして昇りつめる。

舌と指を締めつけながら、背中を反り返らせた。それと同時に、恥裂から透明な汁がプシャアアアッと飛び散る。驚いたことに潮を噴きながらオルガスムスに達したのだ。

玲子は四つん這いで頬をシーツに押し当てている。

舌と指を抜いても動くことができない。アクメの余韻を嚙みしめているのか、ハアハアと息を乱していた。

「それじゃあ、そろそろ……」

哲郎は膝立ちの姿勢で、まだヒクついている陰唇に亀頭を押し当てる。

沙希と一度経験した体位なので問題ない。ゆっくり体重を浴びせて、挿入を開始した。

「あぁあッ、ま、待ってください」

「待てません。玲子さんと早くひとつになりたいんです」

一気に根もとまで挿れると、むっちりした尻たぶに腰を押しつける。

ペニスが深い場所まで埋まり、女壺が歓喜に震え出す。膣襞が歓迎するようにうねって、亀頭と竿にからみついた。

「くううッ、き、気持ちいいっ」

腹の底から悦びがこみあげる。

また玲子とセックスできる日が来るとは思わなかった。熱い粘膜を感じることで興奮が高まり、自然と腰が動き出す。カリで膣壁を擦りあげては、亀頭で膣道の行きどまりをノックした。

「ああッ……あぁッ……」

玲子の喘ぎ声も大きくなる。

獣のポーズで背中を反らして、快楽に溺れていく。哲郎がピストンすると自ら身体を前後に揺すり、より深い場所までペニスを受け入れた。

「はああッ、お、奥っ、奥に当たってますっ」

「ここが好きなんですね……ぬおおおッ」

勢いよく腰を振り、玲子が感じる部分を集中的に責め立てる。そうすることで哲郎自身の快感もアップしていく。

「い、いいっ、すごくいいですっ」

「もっと感じてくださいっ、俺だけを感じてくださいっ」

溢れる想いのままに腰を振る。ペニスを突きこむことで、この熱い気持ちを伝えたかった。

「はあああッ、こ、こんなにすごいのはじめてっ」

玲子が感極まったような声をあげる。

夫よりも店長よりも、哲郎のペニスで感じているのだ。それがうれしくて、とにかく全力で腰をたたきつける。

「愛してますっ、ずっと俺といっしょにいてくださいっ」

ふだんは恥ずかしくて言えないことも、昂っている今なら口にできる。愛を告げると同時にペニスをガンガン打ちこんだ。

「あああッ、わ、わたしも愛してますっ」

玲子が叫びながら振り返る。双眸(そうぼう)から歓喜の涙が溢れていた。

「夫とは別れます。哲郎くんとずっといっしょにいますっ」

「れ、玲子さんっ……ぬおおおおおおッ！」

かつてない興奮のなか、ラストスパートの抽送に突入する。

粘膜と粘膜が擦れるのが気持ちいい。愛蜜と我慢汁がまざり合って、湿った音を響かせている。愛する人とひとつになる悦びのなか、ついに最後の瞬間が迫ってきた。

「あああッ、い、いいっ、すごくいいのっ」

「くおおおッ、気持ちいいですっ」

ふたりの声が重なり、エクスタシーの嵐が吹き荒れる。

もうこれ以上は我慢できない。ペニスを根もとまで打ちこむと、思いきり精液を噴きあげた。

「おおおおッ、で、出るっ、出る出るっ、ぬおおおおおおおッ！」

「あああああッ、イ、イクッ、イキますッ、はああああああああッ！」

哲郎と玲子は息を合わせて昇りつめる。

比べるまでもなく、これまでで最高の絶頂だ。目も眩むような快楽のなか、熱いザーメンをドクドクと注ぎこんでいく。かつて、これほど大量に放出したことはなかった。

「あああぁッ、熱いっ、すごく熱いですっ」

玲子がアクメのよがり泣きを響かせる。

精液の熱さは愛の深さだ。

哲郎の気持ちが乗り移ることで、玲子の膣粘膜を灼きつくす。そして、過去の男たちの痕跡をきれいに消し去った。

哲郎も歓喜の涙を流しながら天井を見あげる。

涙で霞む視界にのぞき穴が映った。あの穴からすべてがはじまった。玲子がのぞいていたかどうかなど、もはやどうでもいい。今、哲郎は最高の幸せを手に入れたのだから。

＊本作品は書下しです。文中に登場する団体、個人、行為などは
すべてフィクションであり、実在のものとは一切関係ありません。

屋根裏の人妻

二〇二四年五月十日 初版発行

著者◉葉月奏太【はづき・そうた】

発行◉マドンナ社
発売◉二見書房 東京都千代田区神田三崎町二-一八-一一
電話 〇三-三五一五-二三一一(代表)
郵便振替 〇〇一七〇-四-二六三九
印刷◉株式会社堀内印刷所 製本◉株式会社村上製本所 落丁・乱丁本はお取替えいたします。定価は、カバーに表示してあります。
ISBN978-4-576-24027-5 ◉Printed in Japan ◉©S.Hazuki 2024